Leons Glück

Jana Kiersch
Claudia von dem Bottlenberg

Die Personen und die Handlung dieses Romans sind frei erfunden. Etwaige Ähnlichkeiten mit tatsächlichen Begebenheiten oder lebenden oder verstorbenen Personen sind rein zufällig und nicht beabsichtigt.

Bibliografische Information der Deutschen Nationalbibliothek: Die Deutsche Nationalbibliothek verzeichnet diese Publikation in der Deutschen Nationalbibliografie; detaillierte bibliografische Daten sind im Internet über dnb.dnb.de abrufbar.

Herstellung und Verlag:

BoD – Books on Demand, Norderstedt

ISBN: 9783749452521

Für Opa,
der mir die Liebe zu Büchern zeigte.
Und für Oma,
mein Fels in der Brandung.

Aus der Saat von
Verachtung, Ablehnung, Verzweiflung und
Hass

Entsteht die Wurzel von
Verzweiflung, Wut und Aggression

Gegen Hass -
Daraus entsteht die Frucht emotionaler
Taten.

Claudia

Vorwort

Die Geschichte, die Sie im Begriff sind zu lesen, enthält biografische Erfahrungen Claudias, um die ich eine fiktive Erzählung gesponnen habe.

Wenn Sie bereit sind, gehen Sie gemeinsam mit Leon an den Abgrund, biegen Sie nicht vorher ab – für ihn gab es keinen anderen Ausweg, es wäre nicht fair, wenn auch Sie ihn allein lassen. Folgen Sie ihm und versuchen Sie zu verstehen, was geschieht, bis es zum Äußersten kommt.

Niemand wird als Amokläufer geboren und es ist leicht, ihm allein die Schuld für die Tragödie zu geben. Als Mörder ist er schuldig, aber auch als Mensch? Gab es nie Hilfeschreie, die ungehört verklungen sind? War dort nie ein Ausweg, eine Kreuzung, an der sich alles hätte ändern können?

Entscheiden Sie selbst:
Hätte Leon gerettet werden können?

1.

Leon ist tot, da bin ich mir sicher.

Als ich die Tür öffne, weiß ich, dass etwas Schreckliches geschehen ist. Der Ausdruck in den Gesichtern der Polizisten verrät mir alles. Ich blicke von einem Beamten zum anderen und trete unkontrolliert zitternd zurück, um sie ins Haus zu lassen. Der geräumige Flur scheint mir mit einem Mal viel zu eng, es schneidet mir die Luft ab. Eine nasse Hundeschnauze legt sich in meine Hand. Ich streiche dem schwarzen Labrador über den Kopf und stütze mich an dem starken Tier.

„Leon Fechtler. Er wohnt noch bei Ihnen?"
Stumm nicke ich.

„Wir müssten uns sein Zimmer anschauen und auch seinen Computer mitnehmen."
Wieder nicke ich und finde endlich meine Stimme wieder.

„Ist er tot? Hat er sich umgebracht?"
Die Beamten wechseln einen Blick, dann schaut mir der ältere offen ins Gesicht.

„Zwei Lehrer und drei Schüler sind tot. Ihr Sohn ist Amok gelaufen. Er selbst ist noch auf der Flucht. Wissen Sie, wie er in den Besitz der Waffe gelangen konnte?"

Amok. Das Wort hallt in meinem Kopf wider. Wie ein endloses Echo wabert es durch mich hindurch, löscht alle Gedanken, alles wird zu einem großen schwarzen Nichts. Und endlich falle ich, hinein in die Dunkelheit, die mich verschlingt.

Mein Sohn ist ein Mörder, ein Amokläufer. Wie ist es nur so weit gekommen?

2.

Elf Jahre vor dem Ende

Die Buchstaben tanzten vor seinen Augen. Egal, wie sehr er sich auch bemühte, sie blieben nicht lange genug an einem Fleck, um einen sinnvollen Satz zu bilden. Verzweifelt starrte Leon auf die bunten Bilder unter dem Text und versuchte sich einen Reim aus der Geschichte zu machen.

„Max spielt mit Tim Fußball. Sie haben viel Spaß", stotternd brach Leon ab. Wütend donnerte die Hand seiner Mutter auf die Tischplatte und er sank auf seinem Stuhl zusammen.

„Was ist daran so schwer? Die anderen Kinder können es doch auch. Du bist einfach stinkefaul!" Über den Tisch hinweg schrie sie ihren Sohn an, Tränen rannen über seine Wangen und fielen auf die Buchseite wie Granaten. Kreisrunde Flecken, Bombentrichter, blieben zurück.

„Nochmal!"

Erschrocken hob Leon den Blick. „Mama, bitte", flehend schaute er sie an, doch sie deutete nur auf das Buch.

„Du liest mir diese Seite jetzt so lange vor, bis es endlich fehlerfrei ist. Und wenn es die ganze Nacht dauert."

Die Tränen in den Augen machten es nicht besser, jetzt verschwammen die tänzelnden Buchstaben auch noch. Unerbittlich zwang ihn seine Mutter erneut zu lesen und wieder und wieder. Leons Augen brannten und sein Hals war staubtrocken, als sie ihn endlich gehen ließ. Mit hastigen Schritten verließ Leon die Küche, rannte in sein Zimmer und warf sich weinend aufs Bett.

Wie er sein Leben hasste.

3.

Ich sitze auf Leons Bett. Immer wieder streiche ich über das Kopfkissen, glätte es, zerdrücke es wieder und glätte es erneut. Wann die

Polizisten gegangen sind, weiß ich nicht mehr. Irgendwann sind sie weg gewesen, mit dem Computer und einem Stapel Zeichnungen, die ich noch nie zuvor gesehen hatte. Kurz war auch mein Mann hier im Zimmer. Ich hatte seine Nähe gespürt, doch ich war unfähig zu reagieren. Schließlich war er hinausgegangen und ließ mich und meine Gedanken allein. Noch immer ist mein Kopf wie in Watte gepackt. Alles ist leer, bis auf das Wort „Amok", das wie auf riesigen Betonsäulen in meinem Schädel steht und mir rasende Kopfschmerzen bereitet.

Als ich schließlich den Kopf hebe – ich weiß nicht, wieviel Zeit verstrichen war, eine Stunde, vielleicht fünf oder mehr – dämmert es bereits und eine schmale Mondsichel schielt zum Fenster herein. Dort oben ist die Grinsekatze und lacht mich aus, mich, die schlechteste Mutter im Universum. Die Mutter eines Amokläufers. Wieder laufen mir Tränen über das Gesicht, ich liebe Leon doch so sehr.

Ich gehe hinüber zum Schreibtisch und betrachte das Chaos aus Zetteln und Schreibsachen. Mechanisch greife ich nach seinem

Sparbuch. Was hatte es hier zu suchen? Das Geld war doch für seine Ausbildung bestimmt. Ich blättere zum letzten Eintrag. Entsetzen und Wut packen mich. Tausend Euro waren vor vier Tagen abgeholt worden. Tausend Euro! Das erklärt, wie er an die Waffe kommen konnte. Nur wer verkauft Waffen an Kinder? Diese Leute sollte die Polizei jagen, dann wäre es erst gar nicht so weit gekommen. Wütend pfeffere ich das Heftchen zurück auf den Tisch.

Da klingelt plötzlich das Telefon. Fast stürze ich die Treppe herunter, atemlos nehme ich ab.

„Ja? Leon?"

„Sie Mörder! Wissen Sie, was ich mit Ihnen anstellen werde?" Die Stimme am anderen Ende der Leitung ist eiskalt. Bevor sie weiterreden kann, lege ich auf. Hypnotisiert starre ich auf den Hörer in meiner Hand. Wieder klingelt es. Ich kraxle hinter das Sofa und reiße mit einem Ruck den Stecker heraus. Stille. Erst jetzt merke ich, dass mein Körper bebt. Ich weine. Das ist mehr eine Feststellung, als dass ich mir dessen wirklich bewusstwerde. Ich wanke leicht, als ich in die Küche gehe, um ein Glas Wasser zu holen. Doch dazu kommt es nicht. Kaum habe ich das Licht angeschaltet, beginnt draußen ein Blitzlichtgewitter. Fassungslos starre ich aus dem Fenster. Reportermassen tummeln sich in der Einfahrt, klopfen sogar ans Fenster. Stimmengewirr, dann schellt es an der Tür. Ash beginnt zu knurren, tief und kehlig, sein Nackenfell stellt sich auf. So habe ich ihn noch nie erlebt, aber ich bin ihm dankbar. Er würde mich vor diesen Bestien da draußen beschützen.

Ich reiße die Rollläden herunter, renne von Zimmer zu Zimmer, bis kein Lichtschein mehr von außen eindringt und flüchte zurück in Leons Zimmer. Ash folgt mir und bleibt wachsam in der offenen Tür sitzen. Seine Schwanzspitze zuckt nervös, ansonsten ist er wieder die Ruhe selbst.

Mörder. Noch immer hallt die eisige Stimme in meinem Kopf wider. Und sie hatte recht.

Mein Blick gleitet erneut über das Chaos auf dem Schreibtisch. Leons Smartphone fällt mir ins Auge. Er hatte es zurückgelassen… Mit klammen Fingern greife ich danach und entsperre es – 1, 2, 3, 4 – meine Mundwinkel zucken, das war mein Leon.

Mein Finger verweilt über dem WhatsApp Logo, dann öffne ich den Chat. Die letzten Nachrichten waren zwei Wochen alt. Hier hatte das Mobbing seinen letzten digitalen Höhepunkt gefunden.

Es war kurz vor dem ersehnten Schulabschluss. Plötzlich kam es wieder zu Reibereien zwischen Leon und seinen Klassenkameraden. Er wurde immer stiller und ließ weder mich noch seinen Vater an sich heran. Und schon eine Kleinigkeit – ein lieb gemeintes Wort oder eine Tür, die laut zuschlägt – reichte aus, um ihn vollkommen ausrasten zu lassen. Nie hatten wir ihn so aggressiv erlebt wie im letzten Jahr. Er schlief nicht mehr, aß nicht mehr mit uns zusammen – eigentlich sahen wir unseren Sohn so gut wie gar nicht mehr. Und dann sein Handy! Dauernd bimmelte es; selbst in der Nacht ließen sie ihn nicht mehr in Ruhe. Was sollte ich tun? Ich war ratlos. Mach dein Handy aus, riet ich ihm schließlich, was er auch tat. Aber das half nichts, wie sollte es auch? Vor zwei Wochen traf sich die ganze Klasse in den ersten beiden Stunden, um gemeinsam zu frühstücken. Eine nette Idee, wie ich fand. Doch Leon wirkte gehetzt. Die anderen warten nicht auf mich, wenn ich nicht pünktlich bin, schrie er und schlug die Tür hinter sich zu. Spätestens hier hätte ich doch endlich etwas merken müssen. Aber hätte ich noch was retten können?

Schwer liegt das Smartphone in meiner Hand. „Du bist zu dumm zum Denken", „Geh zurück in die Klink wo du hingehörst", „Was benutzt du WhatsApp, wenn du eh nicht lesen kannst? Und Schreiben sowieso nicht, du Spast".
Woher wussten die von Leons Einweisung? Was ging es sie überhaupt an? Tränen der Wut steigen mir in die Augen und brennen wie Feuer.

Vor acht Tagen hatte sich Leon wieder einmal sehr früh aus dem Haus geschlichen. Er wollte nicht mit mir zusammentreffen, wohl aus Angst, ich würde komische Fragen stellen. Auch war er so ganz früh an der Schule und konnte sich im Klassenzimmer verstecken – so hätte er ein paar Minuten mehr Ruhe vor den anderen. Was ein verrückter und sinnloser Plan.

Kurz nach acht Uhr klingelte das Telefon. Ich hatte ein flaues Gefühl im Magen, als ich den Hörer in die Hand nahm. Es war Leon. Ich solle sofort zur Schule kommen und ihn abholen. Es sei etwas passiert. Aufgewühlt setzte ich mich hinter das Steuer und raste zur Schule. Doch Leon war nicht da. Weder vorm Lehrerzimmer noch im Sekretariat. Ratlos blickte ich den vor Schülern wimmelnden Flur entlang und entdeckte schließlich Mark, einen Klassenkameraden, der Leon nicht fertigmachte. Ich sprach ihn an.

„Ich weiß es nicht genau, Frau Fechtler. Aber ich glaube nicht, dass Leon Manuela angegrapscht hat."

Scharf zog ich die Luft ein. Jetzt ging Leons Leben in die völlig falsche Richtung.

„Es stimmt schon. Die beiden waren bereits oben im Flur gewesen, noch vor dem Gong und es sah komisch aus – irgendwie." Hilflos zuckte Mark mit den Schultern. „Jedenfalls gab es eine riesige Schlägerei mit ein paar Jungs aus der Klasse. Dann kam Herr Schrägert, hat sich Leon geschnappt, ihm eine saftige Ohrfeige verpasst und ist mit ihm weg. Mehr weiß ich nicht. Tut mir leid."

Fassungslos starrte ich Mark an. Leon wurde von einem Lehrer geschlagen? Ob Mark dies so nochmal wiederholen würde? Er gab mir sein Wort darauf. Egal, was Leon getan hatte – kein Lehrer schlägt meinen Sohn. Und dann das Grapschen! Wenn ich dieses Mädchen in die Finger bekomme…

Ich eilte zurück zum Lehrerzimmer, in der Hoffnung Leon nun doch dort anzutreffen. Und tatsächlich. Tränenüberströmt stand er oben an der Treppe. Ein Auge schimmerte bläulich und seine Lippe war blutig und geschwollen. Bei diesem Anblick musste ich heftig schlucken. Und dann das: Heute sollte in der Konferenz über seinen Schulverweis entschieden werden – wenige Wochen vor dem Schulabschluss. Was sollte nur aus ihm werden?

Plötzlich stand Herr Schrägert hinter mir. Er schrie mich an, dass es durch das gesamte Gebäude hallte. Ich zwang mich ruhig zu bleiben, auch wenn ich hätte explodieren mögen. Hinter ihm stand ein anderer Schüler, doch das schien ihn nicht zu stören. Wie in Rage deutete er immer wieder auf Leon. Ein Mädchen habe er geschlagen und angefasst. Gemeingefährlich sei Leon. Er gehöre in eine Klinik und weggesperrt. Hart schluckte ich jeden Kommentar hinunter, der die Situation möglicherweise völlig zum Eskalieren bringen würde. Ich versuchte ihm die Sichtweise von Mark darzulegen, dass es doch gar nicht alles so glasklar war, doch Herr Schrägert hörte nicht zu und selbst wenn – er hatte sein Urteil längst gefällt.

„Sie haben meinen Sohn geschlagen! Glauben Sie ernsthaft, ich werde nichts gegen Sie unternehmen?" Ich schnaubte vor Wut. Doch er lachte nur. Er habe eine Schülerin gerettet, das zähle hundertmal mehr als jede Aussage von mir. Damit drehte er sich auf dem Absatz um, nickte dem Schüler zu und verschwand im Flur.

Mit gesenktem Kopf stand Leon neben mir. „Ich schlage keine Mädchen." Gequält schaute er mich an. Ich glaubte ihm, mein Sohn war kein Schläger und erst recht kein

Grapscher. Und was Mark gesehen hatte, zählte für mich mehr als die völlig hysterische Fassung dieses Mannes.

Mit Leon im Arm ging ich die Treppe hinunter. Noch im Auto klingelten mir die Ohren.

Einige Tage später kam Mark zu uns. Herr Schrägert hatte dem Mädchen geraten Leon wegen Körperverletzung und Nötigung anzuzeigen. Fassungslos saßen wir um den Tisch herum. Der Lehrer hatte eine Zeugenaussage gemacht und auch die Schüler waren bei der Polizei gewesen. Sven und ich waren ratlos und einfach nur wütend. Seitdem war Leon nicht mehr aus seinem Zimmer gekommen.

Die Anzeige liegt noch immer unten auf dem Wohnzimmertisch. Ungeöffnet.

4.

Zehn Jahre vor dem Ende

Der Ball flog auf ihn zu. Wie in Zeitlupe sah er ihn näherkommen, seine Hände umfassten den Schläger fester, bereit für den Aufprall. Geschmeidig zog ihn Leon durch, ein dumpfes *Pock* ertönte und der Baseball flog quer über den Platz. Es war ein guter Schlag, das Publikum johlte als er von einem Base zum nächsten eilte, immer seine Gegenspieler im Blick. Ein Homerun. Er konnte es schaffen. Kraftvoll setzte er zum letzten Sprint an und erreichte das Home Plate. Jubel brach aus, sein Team klopfte ihm auf die Schulter. Strahlend stand Leon in ihrer Mitte und ließ sich feiern. Er hatte den Sieg geholt, für die Gegner waren sie nun unerreichbar.

„Hier, für unseren Helden." Herr Hauser, ihr Trainer, trat zu ihnen und grinste in die Runde. In der Hand hielt er den Baseball.

„Inzwischen hast du wohl schon eine ganze Sammlung, was?" Er schlug Leon auf die Schulter und lachte. „Deine Eltern können verdammt stolz auf dich sein. Ich geh' mal zu ihnen. Weiterfeiern." Mit dem Finger deutete er in die Runde und zwinkerte Leon zu.

„Leon, du bist echt der Größte." Markus strahlte ihn an. „Wenn wir so weitermachen, spielen wir bald nicht mehr nur so kleine Turniere, dann haben wir richtige Gegner!" Aufgeregt klatschte er in die Hände. „Wir sind das Team!" Er stieß seine Faust in die Luft. Die anderen taten es ihm gleich.

„Das Team!" Leon brüllte es beinahe. Ja, er war stark und er konnte alles erreichen.

Als er und seine Eltern am Abend wieder zuhause ankamen, bekam sein Hochgefühl erste Risse. Doch er ignorierte es und stürzte sich auf sein Lieblingsessen.

„Ein Essen für wahre Sieger." Seine Mutter wuschelte ihm liebevoll durchs Haar und auch sein Vater war sichtlich stolz auf ihn.

„Was meinst du. Ist noch Platz an deinem Medaillenbrett, oder soll ich dir ein neues machen?" Klimpernd legte er die goldene Medaille auf den Tisch und grinste seinen Sohn an. Mit vollem Mund schüttelte Leon den Kopf.

„Ich denke zwei, drei passen noch dran", sagte er lachend und hing sich die Medaille um.

„Es steht dir", seine Mutter sah ihn über den Tisch hinweg an, „du solltest öfter lachen."

Leon grinste und senkte rasch den Blick auf den Teller. Niemand sah, wie sein Lächeln zu einer Maske gefror.

5.

Angewidert schmeiße ich das Handy zurück auf den Schreibtisch. Was waren das bloß für Menschen? Wie konnte man jemanden mit voller Absicht so zerstören wollen? Warum? Wütend schlage ich auf den Tisch. Immer und immer wieder. Meine Hand wird taub, aber der Schmerz lässt nicht nach. Frisst sich immer tiefer in mich hinein.

„Schatz, hör auf." Warme Hände greifen nach mir und packen meine Hand. Svens dunkle Augen brennen sich in meine. Mein Schmerz spiegelt sich in seinem Gesicht und ich sehe, dass er geweint hat, sehe seine Verzweiflung.

„Ich habe ihn nicht gefunden. Ich – ich weiß nicht mehr, wo ich noch suchen soll. Und da draußen ist die Hölle los – wir werden umziehen müssen." Eine Träne stiehlt sich hervor und läuft ihm über die Wange. Wütend wischt er sie weg. „Warum? Warum hat er das getan? Waren wir nicht immer für ihn da?" Der Druck auf meine Hand verstärkt sich und ich winde sie aus dem Klammergriff.

„Hier", meine Hand greift nach dem Handy, „die sind schuld. Alle miteinander. Die", meine Stimme wird hysterisch, „die haben ihn dazu gemacht." Ich schmeiße es wieder von mir. Es rutscht über die Kante des Tisches und knallt auf den Vinylboden. Ich zucke bei dem Geräusch zusammen. Sven greift nach meinen Schultern und umarmt mich fest. Tief atme ich aus. Nur weil Sven ihn nicht gefunden hat, heißt es ja nicht, dass … Nein, die Polizei wird ihn finden. Bestimmt. Tief atme ich Svens herbes Eau de Toilette ein. Ich bin nicht allein. Aber Leon ist allein gewesen. So allein. Meine Stirn ruht an Svens, als mein Blick auf den Boden fällt. Ich hatte wohl so heftig auf den Tisch geschlagen, dass ein Stapel Papier heruntergerutscht war. Mechanisch greife ich nach einem schneeweißen Blatt. „Zeugnis" stand dort in großen, bedrohlichen Lettern. Es war das Zeugnis der BUS-Klasse. Leons letzte Hoffnung.

Endlich war Leon in der Schule angekommen. So dachte ich damals. Die Berufsorientierungsklasse ermöglichte ihm, neben der Schule auch ein Praktikum zu absolvieren. Die Zeit im Tischlerei-Betrieb war für ihn das Größte. Der Meister traute ihm schon viel zu und wenn Leon abends staubig nach Hause kam, strahlte er über das ganze Gesicht. Was waren wir froh, dass unser Sohn endlich glücklich war! Und auch in der Schule lief es bedeutend besser. Herr Schrägert war sehr nett und versicherte uns beim Elternsprechtag, dass wir uns um das Zeugnis keine Sorgen machen bräuchten. Es sei ein Bewerbungszeugnis und eine Fünf gehöre dort nicht drauf. Das waren schöne Aussichten und vielleicht würde Leon direkt als Azubi übernommen. Doch es war nur ein schöner Traum, aus dem wir viel zu rasch wieder gerissen wurden. Auf dem Zeugnis prangte gleich zweimal ein *Mangelhaft* – in Mathe und Deutsch, wieder einmal. Ich verstand es nicht. Leon verbarrikadierte sich in seinem Zimmer und ließ mich und Sven mit dem Stück Papier allein. Es half ja nichts. Also rief ich bei Herrn Schrägert an. Doch wo war der nette Lehrer geblieben? Schroff wies er mich zurecht und drohte damit, Leon in die normale Klasse zurückzuversetzen. Was war hier bloß los? Wütend wählte ich die Nummer der Schulbehörde. Doch auch hier nur ein herber Schlag ins Gesicht. Ja, ab der neunten Klasse muss eine Lese-Rechtschreibschwäche nicht mehr anerkannt werden – aber eine Fünf? Wie sollte sich Leon damit bewerben? Die Dame am anderen Ende der Leitung schlug mir vor, gegen das Zeugnis vorzugehen, doch gleichzeitig warnte sie eindringlich vor möglichen Konsequenzen, die Leon im Schulalltag treffen könnten. Was blieb uns anderes übrig? Wir nahmen auch dieses Zeugnis schweigend hin und hofften auf das Beste. Die Lehrer sitzen nun mal am längeren Hebel.

Ich starre auf die Noten. Meine Gedanken kreisen. Wir hatten so viel falsch gemacht.

6.
Zehn Jahre vor dem Ende
Laut schrillte der Wecker. Leon zog die Bettdecke über den Kopf. Er wollte nicht zur Schule, nie mehr. Er hörte das Klappen der Tür und die leisen Schritte seiner Mutter.
„Schatz, du musst aufstehen." Zärtlich streichelte sie über die Bettdecke.
Leon krümmte sich. „Ich will nicht. Bitte, Mama. Ich will dort nicht hin." Es war nur ein leises Flehen, in die Bettdecke hineingemurmelt, aber seine Mutter hatte ihn verstanden.

„Es tut mir leid, Leon. Aber du musst dorthin. Es ist wichtig." Sie zog die Bettdecke weg. Kurz sah Leon Mitleid in ihren Zügen aufflackern, dann war es verschwunden und sie zog ihn unerbittlich auf die Füße. Er wand sich unter ihren Händen und versuchte sie zu treten, zu schlagen. Irgendetwas zu tun, damit sie ihn in Ruhe ließ. Damit sie ihn alle in Ruhe ließen. Hart griff sie nach seinen Schultern und schüttelte ihn.

„Du musst zur Schule. Alle Kinder müssen dorthin."

„Ja, aber nicht alle sind so doof wie ich!" Er schlug weiter auf seine Mutter ein und versuchte sich loszureißen.

Unwillig schüttelte sie den Kopf. „Du bist nicht doof. Eine Lese-Rechtschreib-Schwäche hat nichts mit Dummheit zu tun. Wer hat dir sowas erzählt?"

„Alle." Leon hatte aufgehört sich zu wehren. Vor seiner Mutter stand ein Häufchen Elend, stumme Tränen rannen über seine Wangen. Heftig drückte seine Mutter ihn an sich.

„Du bist nicht dumm." Wie ein Mantra wiederholte sie den Satz immer und immer wieder. Dabei strich sie ihm sanft über den Rücken. Leon schniefte.

„Kann ich hierbleiben? Bei dir?"

Bedauernd schüttelte sie den Kopf. „Du hast bereits so oft gefehlt. Und du darfst dich auch nicht verstecken. Wenn Leute sagen, dass du doof bist, dann musst du denen das Gegenteil beweisen." Sie wischte ihm die Tränen von der Wange. „Komm. Ich mache dir Frühstück und dann gehst du hocherhobenen Hauptes in die Schule."

Leon schaute sie verzweifelt an. Warum verstand sie ihn nicht? Steif drehte er sich von ihr weg und ging Richtung Badezimmer. Heute hatten sie Deutsch. Heftige Magenschmerzen überkamen ihn. Keuchend sank er auf den Badezimmerteppich. Mit voller Wucht schlug er sich in den Magen. Doch es half nichts. Hätte er sich doch übergeben müssen. Dann hätte er hierbleiben können. So saß er aber viel zu schnell neben seiner Mutter im Auto, den Rucksack fest an sich gepresst.

Vor der Schule lächelte sie ihm aufmunternd an. „Weißt du was? Nach der Schule kannst du wieder mit in die Kaserne kommen. Ist das gut?"

Leon nickte langsam. Ja, die Kaserne mochte er. Besonders Manfred. Der Soldat hatte ihm schon viel gezeigt. Erst letzte Woche durfte er in einen echten Panzer krabbeln. Das war aufregend gewesen!

„Bis später dann." Er versuchte ein Lächeln und auch wenn es etwas schief in seinen Mundwinkeln hing, beruhigte es seine Mutter, die zum Abschied kurz die Hand hob. Dann gab sie Gas und ließ Leon am Straßenrand zurück.

Langsam drehte er sich zum Schulgebäude und ging zum Haupteingang. Die Türen schlugen hinter ihm zu und es kam ihm vor, als wäre er im Gefängnis angekommen.

Die erste Stunde hatte er Religion. Das ging ja noch. Aber dann kam Deutsch. Frau Leifeld rauschte in die Klasse und strahlte in die Runde. An sich war sie nett, das fand auch Leon, doch die Leserunde fürchtete er wie nichts anderes auf der Welt. Nacheinander lasen seine Mitschüler einen Abschnitt nach dem anderen vor. Angstschweiß bildete sich auf seinen Händen, als Steffen drankam. Nur noch zwei waren vor ihm. Bereits zu Beginn hatte Leon den Faden verloren. Wo war

Steffen bloß? Einzelne Wörter stachen Leon ins Auge, doch er konnte sie nicht greifen. Lukas war nun dran. Er war ein guter Leser und benutzte schon lange keinen Finger mehr, um der Zeile zu folgen. Er blätterte um. Hastig tat Leon es ihm gleich und fand tatsächlich den Satz, den Lukas gerade vorlas. Erleichtert atmete er auf. Max begann zu lesen, ebenfalls viel zu schnell für Leon. Seine Hände begannen unkontrolliert zu zittern, er schob sie unter die Oberschenkel. Da stieß Max ihn an.

„Du bist dran", flüsterte er. Entsetzt schaute Leon auf den Text, dann zu Frau Leifeld. Erwartungsvoll hob sie die Brauen. Gehetzt las Leon den erstbesten Satz vor, stockte auf der Hälfte und begann erneut. Ungeduldig schnalzte Frau Leifeld mit der Zunge.

„Hast du wieder nicht aufgepasst? So geht das echt nicht weiter. Ich werde nachher deine Eltern anrufen. Und dort steht nichts von einer Eisenbahn, auch wenn das Bild unterm Text tatsächlich eine zeigt." Sie schüttelte missbilligend den Kopf. Die Klasse kicherte. Einige drehten sich zu Leon um und grinsten ihn an.

„Wir sind hier." Max versuchte zu retten, was noch zu retten war, und deutete auf eine Textstelle. Leon setzte zum Lesen an und brachte stockend den Absatz zu Ende.

Den Rest der Stunde versuchte er sich unsichtbar zu machen, was jedoch nicht wirklich gelang, da Frau Leifeld ihn noch mehrfach drannahm und ihn schließlich an die Tafel holte. Leons größter Alptraum. Seine Schrift war schon im Heft nicht die beste und an der Tafel prangten die Rechtschreibfehler vor aller Augen.

„Seit wann schreibt man Fahrrad mit V?" Frau Leifeld verschränkte die Arme vor der Brust. Wieder kicherte die Klasse. Mit hochrotem Kopf wischte Leon das V weg und schrieb ein F an seine Stelle.

„Vielleicht solltest du auch noch ein H und ein R hinzufügen, meinst du nicht?"

Der Schulgong erlöste Leon. Hastig stürzte er aus der Klasse und verschwand auf einer Klokabine. Erst nach der großen Pause, als er sich sicher war, dass alle bereits wieder im Klassenzimmer waren, öffnete er die Tür und huschte durch die leeren Gänge.

Mit einem Mal kam Frau Leifeld um die Ecke. Er versuchte noch sich zu verstecken, aber sie hatte ihn bereits entdeckt.

„Leon! Warte."

Mit hängendem Kopf blieb Leon stehen. Zwanghaft versuchte er nicht hochzugucken.

„Leon. Ich will dich doch nicht quälen." Frau Leifeld ging vor ihm in die Hocke. „Ich bin mir sicher, dass du auch bald richtig gut Lesen und Schreiben kannst. Du musst dich aber anstrengen."

Leon zuckte krampfhaft. „Ich versuche es doch." Seine Stimme war nur ein Flüstern.

„Dann musst du es noch mehr versuchen." Sie legte ihm die Hand auf die Schulter. „Du kannst das. Ich bin mir sicher."

„Aber ich habe LRS." Leon hob den Blick und schaute sie an. Frau Leifeld lächelte warm.

„Weißt du. Viele Kinder haben angeblich eine Lese-Rechtschreib-Schwäche. Das ist aber in den meisten Fällen kompletter Unfug. Du musst dich nur mehr anstrengen, das ist alles." Sie nickte ihm freundlich zu und erhob sich. „So, und jetzt ab in deine Klasse."

Hastig huschte Leon an ihr vorbei und rannte in sein Klassenzimmer. Johlend wurde er begrüßt. Entsetzt starrte Leon auf die Tafel. Ein Strichmännchen war dort zu sehen. In großen Buchstaben stand „Leon ist dumm" darüber, das Wort „Varad" fein säuberlich daneben. Wie versteinert stand Leon in der Tür. Er wollte nur weg. Plötzlich tauchte Herr Kaiser neben ihm auf.

„Na, was stehst du hier noch rum?" Er lächelte Leon freundlich an, runzelte die Stirn und folgte seinem Blick zur Tafel. Seine Gesichtszüge wurden hart.

„Wer war das?" Mit großen Schritten eilte er zur Tafel und wischte alles in einem Zug weg. „Ich habe gefragt, wer das war?" Wütend schaute er von einem Kind zum nächsten. Leon beobachtete, wie einige den Kopf einzogen, doch viele grinsten ihren Mathelehrer frech an.

„Das war nur die Wahrheit." Patrick lächelte überheblich. „Wer Fahrrad so schreibt, ist dumm."

Fassungslos starrte Herr Kaiser ihn an.

7.

Langsam gleitet mir das Zeugnis aus den Fingern und segelt sanft zu Boden. Ich stutze. War das nicht Herr Schrägert? Aus dem Papierhaufen schaut mich ein dunkles Paar Augen zornig an. Steif greife ich danach, ziehe das Blatt hervor und lasse es mit einem erstickten Schrei wieder fallen. Blut. Soviel Blut. Sven geht in die Hocke, nimmt die Zeichnung des geköpften Lehrers und zieht weitere Skizzen aus dem Haufen. Manche fast schon realistisch wie das Portrait Herrn Schrägerts, andere nur wild aufs Blatt geschmissen. Man konnte die Wut sehen, die Leon hier den Stift geführt hatte. Ich schauderte. Die Personen waren alle tot – geköpft, erstochen, erschossen. Tränen steigen mir in die Augen und ich muss die Hand vor den Mund drücken, um nicht laut zu schreien. Wie lange ging das schon so? Wie lange haben wir nichts bemerkt? Ein Teil von mir stirbt. Ich hatte meinen Sohn doch so sehr geliebt. Sven schiebt die Mordfantasien zusammen und dreht sie um. Wenn man doch auch die Realität so einfach verschwinden lassen könnte. Nachdenklich greift Sven nach anderen Papieren. Es waren Krankschreibungen und die

Einweisung in die Psychiatrie. Gedankenverloren nehme ich sie ihm aus der Hand. Dort hätten sie ihm doch helfen müssen.

Leon war fünfzehn und ging in die achte Klasse. Meine beste Freundin meinte damals, in der achten würde das Mobbing aufhören, weil die Kinder nun reifer und vernünftiger seien. Leider wurde es nur noch schlimmer. Immer öfter kam Leon weinend nach Hause, wieder hatte man seinen Spind mit Kaugummi, später mit Kleber zugeklebt, dann die Tür eingetreten und alle Bücher und seine persönlichen Sachen im Flur verteilt. Natürlich wollte er nicht mehr zur Schule und ich verstand ihn nur zu gut. Sven und ich wussten uns nicht anders zu helfen und ließen Leon immer öfter krankschreiben. Doch dann trat die Schule auf uns zu und drohte mit einem Bußgeldverfahren. Ich stand mit dem Rücken zur Wand. Hilflos sah ich mit an, wie Leon immer aggressiver wurde, die Schule schwänzte. Wie oft stand er bereits nach der ersten Stunde wieder vor der Haustür und verbarrikadierte sich in seinem Zimmer?

Schließlich blieb nur noch ein Weg – das Jugendamt. Ich brauchte Rat und Hilfe. Doch jetzt im Nachhinein war dieser Anruf wohl ein weiterer Fehler gewesen. Was war das für ein Ratschlag: Mehr Strenge? Es zerriss mir das Herz, doch ich tat, was mir geraten wurde. Ich nahm Leon sein Handy und seinen Haustürschlüssel und verwies ihn für die Schulzeit aus dem Haus. Erst nach Schulschluss durfte er wiederkommen. Was war ich bloß für eine Mutter? Blind befolgte ich den Rat einer Frau, die Leon noch nie gesehen hatte. Nach einer Woche brach Leon weinend vor mir zusammen. Er konnte nicht mehr, er wollte nicht mehr leben.

„Bring mich in eine Klinik. Bitte. Ich habe Angst vor mir. Ich denke an den Tod." Heftig drückte ich ihn an mich. Selbstmordgedanken. Wo war mein Leon geblieben?

Noch am selben Tag fuhren wir zu seiner Psychologin. Sie diskutierte nicht. Sie verstand. Minuten später hielten wir die Einweisung in der Hand und machten uns auf den Weg in die Klinik. Die Ärztin dort war genauso schlimm wie die Frau beim Jugendamt. Sie nahm Leon nicht ernst. Ob er sein Problem nicht selbst in den Griff bekommen könnte. Sie seien überfüllt, aber in zwei Wochen könne sie uns einen Platz anbieten.

Was blieb mir anderes übrig als zurück nach Hause zu fahren? Ich hielt bei der Psychologin und klagte ihr mein Leid. Leon war labil und so schrieb sie ihn für weitere vier Monate krank. Nun hatte er fast das ganze Schuljahr versäumt. Und ich war sogar froh darüber…

Zerknüllt liegt die Einweisung in meiner Faust. Sven legt seine Hand auf meine und schüttelt ergeben den Kopf. Was für ein Teufelskreis.

8.

Neun Jahre vor dem Ende

Als heute Morgen der Wecker klingelte, stand Leon nicht mit so furchtbaren Bauchschmerzen auf. Projektwoche stand auf dem Plan. Da konnte ja nicht so viel passieren und immerhin hatte er kein Deutsch. Fast schon beschwingt trat Leon in die Küche. Überrascht schaute seine Mutter auf.

„Du bist ja heute früh dran." Sie stellte einen Teller vor ihn. „Und so gut gelaunt."

Leon lächelte sie an und strich Nutella auf sein Brot. Es tat gut seine Mutter mal ohne Sorgenfalten zu sehen. Hungrig biss er in seine Schnitte.

Als er schließlich im Klassenzimmer ankam, herrschte dort bereits das reinste Chaos. Plakate, Stifte und Unmengen an Zeitschriften lagen auf den Tischen verstreut. Leon setzte sich zu Max und griff nach einer Zeitschrift über Tiere.

„Weißt du, was das werden soll?"

Max zuckte mit den Schultern und blätterte interessiert durch einen Spielwarenkatalog.

„Cool. Schau mal. Hier gibt es sogar Panzer, die schießen können. Vielleicht wünsche ich mir so einen." Mit dem Finger deutete er auf die Modelle und grinste Leon an. „Das macht bestimmt Spaß."

„Es geht aber nichts über einen echten." Leons Augen begannen zu strahlen. „Die sind so groß," er schwenkte seine Arme, „und da drin ist gar nicht so viel Platz. Aber mal damit schießen wäre echt das Größte."

Frau Leifeld betrat die Klasse und schaute in die Runde.

„Wie ich sehe, habt ihr euch schon über die Sachen hergemacht. Unser Thema diese Woche lautet Werbung. Wir werden uns erstmal Werbung ansehen und gucken, was wichtig ist, damit die Menschen das Produkt auch kaufen. Und dann dürft ihr eure eigene Werbung erstellen. Gerne auch für Produkte, die es noch gar nicht gibt." Vergnügt lachte sie in die Runde und begann Zettel zu verteilen.

Zwei Stunden dauerte es, bis sie endlich mit Basteln loslegen durften. Leon wusste bereits, für was sein Plakat werben sollte: für Panzer. Für genau den, in den er schon mal mit Manfred klettern durfte. Eifrig schnitt er die Bilder aus dem Prospekt aus und drapierte sie auf seinem Plakat. Heute war die Schule ausnahmsweise tatsächlich mal viel zu früh vorbei.

Am nächsten Tag machten sie weiter und Frau Leifeld schaute ihnen über die Schultern. Hinter Leon blieb sie stehen und beugte sich irritiert vor.

„Für was machst du Werbung?"

„Für Panzer." Leon strahlte sie an. „Die sind so groß und stark, dass sie jeden beschützen können."

„Tatsächlich?" Frau Leifeld runzelte die Stirn. „Ich persönlich finde Panzer eher furchtein-flößend und gefährlich."

„Die können ja auch schießen, wenn sie wollen." Leon deutete auf einen Stapel Munition, den er gerade auf das Plakat malte.

„Hmhm", machte sie nachdenklich und strich ihm zerstreut über den Kopf, bevor sie zum nächsten Tisch ging.

„Echt cool", sagte Max und betrachtete das Plakat. „Ich hätte auch sowas machen sollen, statt für Rennautos."

9.

Benommen stehe ich auf, gehe ans Fenster und spähe vorsichtig durch den Vorhang. Draußen war es dunkel geworden und die ersten Sterne blinzeln vom Himmel. Große Sendewagen stehen die Straße entlang. Wie lange würden die noch hierbleiben? Meine Finger krallen sich um die Fensterbank, wieder steigen mir Tränen in die Augen. Ich weiß nicht, wie lange ich so dort stand, irgendwann höre ich es hinter mir rascheln. Sven sitzt immer noch auf den Fußboden, die langen Beine übergeschlagen, lehnt er am Kleiderschrank.

Er hat eine Kiste auf dem Schoß und blättert durch den Inhalt.

„Was hast du da?" Ich gehe zu ihm und lasse mich ebenfalls auf den Boden sinken. Es waren Leons Kunstsachen.

„Schau nur", Sven reicht mir ein Blatt mit dem Portrait eines Hundes. Es war unser Labrador Ash. Beinahe lebendig schauen mich die treuen Augen an. Ich lächle und mein Blick huscht zu dem dunklen Fleck in der Ecke des Zimmers. Dort lag Ash nun schon mehrere Stunden, ohne sich zu rühren. Er spürte wohl, dass etwas mit seinem Herrchen passiert war. Ich betrachte die feinen Bleistiftlinien. Das war mein Sohn. Nicht der Amokläufer. Zu dem wurde er gemacht.

„Er hat richtig viele Einsen bekommen." Sven überfliegt weiter die Arbeiten. „Warum sind Deutsch und Mathe so viel wichtiger für die Lehrer? Das hier", er deutet auf ein Landschaftsbild, „das ist doch auch von Bedeutung."

Ich nicke heftig und kuschele mich näher an ihn. „Siehst du das Weihnachtsbild?" Mit dem Finger deute ich auf eine kleinere Zeichnung.

„Sogar an Weihnachten haben sie ihn gehasst. Ich verstehe es einfach nicht."

Leon war in der siebten Klasse und es war kurz nach dem ersten Advent. Aus Goldfolie hatte er zwei große Sterne gebastelt, die er ans Fenster des Klassenzimmers hängen wollte. Er hatte wohl den Tesafilm vergessen und fragte seine Klassenlehrerin Frau Freitag, ob sie welchen hätte. Leider ging die nette Geste von Leon unter: Zwei Tage später hatte jemand die Sterne zerstört. Auch beim Wichteln ging etwas schief. Nur warum? Leon sollte Yasemin ein Geschenk machen und entschied sich für einen kleinen Schutzengel. Mit der Goldfolie packte er den Engel hübsch ein und schrieb konzentriert den Namen auf das Päckchen. Am Wichteltag stand Leon dann aber traurig vor der Tür. Er hatte kein Geschenk bekommen. Wie konnte das nur passiert sein? Und ausgerechnet an Weihnachten.

Noch immer halte ich das Portrait von Ash in den Händen. Vorsichtig streichen meine Finger über die filigranen Strukturen.

„Leon war ein guter Junge." Sven neben mir nickt und zieht mich fester an sich.

10.

Neun Jahre vor dem Ende

Lustlos starrte Leon auf sein Deutschbuch. Sie lasen heute eine Weihnachtsgeschichte, doch wie sonst auch konnte Leon der Klasse nicht folgen. Innerlich hatte er es sowieso bereits aufgegeben. Als Max begann vorzulesen, straffte sich Leon. Gleich war er dran. Schon wieder. Aber Max hatte seit einigen Stunden angefangen ihm zu helfen, indem er mit dem Finger den Zeilen im Buch folgte und das Buch selbst so weit wie möglich zu Leon herüberschob. Die Geschichte handelte von dem Weihnachtsmann und wie er die braven Kinder beschenkt. Nach endlos scheinenden Minuten war Leon fertig mit seinem Absatz und grinste Max stolz an. Nur dreimal hatte er sich verhaspelt!

„Hast du echt gut gemacht." Max zwinkerte ihm fröhlich zu.

„Nun, Kinder. Was haltet ihr vom Weihnachtsmann?" Frau Leifeld strahlte in die Runde.

„Den gibt es doch gar nicht!" Leon hatte sich aufrechter hingesetzt.

„Da könntest du Recht haben." Frau Leifeld saß auf dem Pult und ließ die Beine baumeln. „Die Eltern bringen die Geschenke. Aber ich dachte an die Idee mit den braven Kindern."

„Die Geschenke bringt das Christkind!", protestierte Leon und blickte sich empört um. Max stieß ihm den Ellenbogen in die Seite. Rechts und links begannen einige Kinder zu lachen.

„Leon, du bist doch bereits acht Jahre alt, oder?" Frau Leifeld rutschte vom Pult und ging durch die Reihen zu ihm. „Bitte sag mir, dass du nicht mehr an dieses Märchen glaubst, ja?" Sie stand nun vor ihm und blickte auf ihn herunter. Stumm bewegte Leon den Mund.

„Der glaubt noch an das Christkind!" Mehrere Kinder begannen zu lachen. „Ob das Christkind seinen Wunschzettel überhaupt lesen kann?"

„Jetzt reicht's aber!" Frau Leifeld stemmte die Arme in die Seiten und ging zurück nach vorne. „Hier wird niemand ausgelacht. Habt ihr mich verstanden?" Es wurde still in der Klasse. Leons Augen schwammen in Tränen. Er durfte nicht weinen. Er durfte nicht weinen.

Zuhause angekommen warf er zornig seine Tasche in die Ecke. Verdutzt schaute seine Mutter aus der Küche.

„Was ist dir denn über die Leber gelaufen?"

„Du hast mich angelogen! Du und Papa. Ihr seid Lügner!" Die Tränen, die er so lange zurückgehalten hatte, brachen jetzt aus ihm heraus. Wütend trat er gegen die Schuhe in der Garderobe, so dass sie alle durcheinanderflogen.

„Hey hey." Sich die Hände am Geschirrtuch abtrocknend trat seine Mutter hinter ihn.

„Was ist denn passiert? Wann haben wir dich angelogen?"

„Es gibt kein Christkind! Frau Leifeld hat gesagt, ihr legt die Geschenke unter den Baum. Die ganze Klasse hat gelacht." Leon hatte aufgehört zu schreien. Seine Wut war verpufft und er stand mit hängendem Kopf im Flur.

Langsam ging seine Mutter vor ihm in die Hocke. „Ich glaube, deine Lehrerin weiß auch nicht immer alles. Aber ich weiß, dass das Christkind so lange zu den Kindern kommt, bis sie nicht mehr an es glauben."

„Also kommt es jetzt nicht mehr zu mir und du holst die Geschenke?" Leon schniefte.

„Nun, du könntest dir ja was wünschen, was es hier nicht gibt, und das wünscht du dir nur vom Christkind. Wie wäre das?"

Bedächtig nickte Leon und schaute grübelnd in die Ferne. „Ich glaube, ich weiß etwas."

„Na dann kannst du ja einen schönen Wunschzettel schreiben."

Und das tat Leon. Eifrig zeichnete er eine große Zuckerwattemaschine und verzierte den Brief mit allerhand Sternen und bunten Schnörkeln. Pünktlich zum zweiten Advent legte er den Brief auf die Fensterbank in der Küche und achtete sorgsam darauf, dass das Fenster einen Spalt geöffnet blieb. Aufgeregt ging er ins Bett und zog sich die Decke über den Kopf, bis er in einer kuscheligen Höhle lag.

Am nächsten Morgen rannte er förmlich in die Küche und dort fielen ihm fast die Augen aus dem Kopf. Der Brief war fort, aber dafür lag überall feiner Goldstaub und ein neuer

Brief lag an der Stelle. Mit Goldstift und verschnörkelter Schrift war der Brief an ihn adressiert. Leon runzelte konzentriert die Stirn und begann zu lesen:

Lieber Leon,
Du bist ein toller Junge und bereitest deinen Eltern sehr viel Freude. Du hast es nicht immer leicht und Schreiben und Lesen fällt dir sehr schwer. Das ist aber gar nicht schlimm.
Du kannst alles schaffen. Du musst nur an dich glauben!
Das Christkind

Fassungslos starrte Leon auf das Stück Papier in seinen Händen. Es gab das Christkind also doch! Glücklich presste er den Brief an sich und eilte zu seiner Mutter ins Badezimmer.

„Schau nur!" Aufgeregt wedelte er den Brief hin und her. „Das Christkind hat mir geschrieben."

„Das freut mich." Sie strahlte ihren Sohn an. „Jetzt weißt du, dass es das Christkind doch gibt. Man muss nur dran glauben." Sie wuschelte ihm durchs Haar. Dann wurde ihre Miene ernst. „Du weißt, dass die Kinder in der Schule nicht mehr daran glauben. Erzähl ihnen nichts von dem Brief. Sie würden dich nur wieder auslachen, ok?"

Ernst nickte Leon.

In der Schule erzählte er es tatsächlich niemandem – außer Frau Leifeld.

„Das Christkind hat mir geschrieben." Voller Stolz stand er vor seiner Lehrerin. Sie runzelte leicht die Stirn.

„Und was schreibt es so?" Mit gespielter Erwartung schaute sie Leon an.

„Es schreibt, ich kann alles schaffen, wenn ich nur an mich glaube!" Frau Leifeld blinzelte.

„Das Christkind scheint sehr klug zu sein." Leon strahlte. „Ja, das ist es."

11.

„Wir hätten mehr tun müssen." Mein Kopf liegt auf Svens Schulter, seine Wange an meinem Haar. Ich spüre, dass er leicht mit den Schultern zuckt.

„Wir haben ihn immer unterstützt und beschützt. Vielleicht sogar zu viel?"

Vehement schüttele ich den Kopf. „Wir hätten merken müssen, dass er immer aggressiver wurde. Als er sein Asthmaspray einsetzte, habe ich nur die dämliche Lehrerin beschimpft, statt ernsthaft mit Leon zu sprechen."

Als Leon in der siebten Klasse war, ging es plötzlich rapide bergab. Immer öfter war er in Raufereien verwickelt und fast täglich rief Frau Schiller an, um sich über das Verhalten von Leon zu beschweren. So auch an diesem Dienstag. Dankbarerweise erzählte Leon mir von den Vorfällen in der Schule und so war ich auf das Klingeln am frühen Abend vorbereitet. Am anderen Ende der Leitung war eine wutschnaubende Frau Schiller. Leon habe vorsätzlich einige Klassenkameraden mit seinem Asthmaspray angegriffen, unter der Treppe, während der großen Pause. Ich schäumte vor Wut. Ob sie sich nicht mal die Frage stellen würde, warum Leon zu dieser Maßnahme gegriffen habe? Leon sei aggressiv und nicht in die Gemeinschaft zu integrieren, war die kalte Antwort. Fassungslos starrte ich auf den Hörer in meinen Händen. Nicht zu integrieren? Leon spielt Baseball – in einem Team. Wieder lief hier einiges aus dem Ruder. Wütend stellte Frau Schiller klar, dass Leon in

Zukunft sein Spray zuhause lassen solle, damit es nicht noch einmal zu einem solchen Vorfall käme. Er hat Asthma! Ich schrie den Satz in den Hörer, drückte auf den roten Punkt und warf das Telefon quer durch den Raum. Es schlug gegen die Sofalehne und blieb auf dem Polster liegen. Pfefferspray. Wäre es nicht viel schlimmer gewesen, wenn er Pfefferspray benutzt hätte?

„Das hast du mir nie erzählt." Nachdenklich streicht Sven eine Haarsträhne von meiner Wange.

„Es hätte ja nichts geändert, außer dass du auch wütend geworden wärst."

„Ja, vermutlich." Er stellt die Kiste mit den Kunstsachen neben sich auf den Boden. „Aber weißt du, was ich glaube? Hätten wir mehr miteinander über die Probleme geredet, vielleicht hätten wir noch die Kurve gekriegt." Eine einsame Träne rollt über meine Wange, während ich den Satz sacken ließ. Er hatte recht.

12.

Acht Jahre vor dem Ende

Leon saß an seinem Schreibtisch im Kinderzimmer, neben ihm hatte Mark die Beine übergeschlagen und schaute ihm über die Schulter. Mark war der neue Mathenachhilfelehrer.

„Das ist doch alles sehr schön." Fröhlich setzte er ein großes rotes Häkchen unter Leons Lösung. „Ich bin mir sicher, dass du morgen eine super Arbeit schreiben wirst."

Glücklich schaute Leon ihm ins Gesicht. In Mathe war er immer gut gewesen. Wenn jetzt nicht diese blöden Textaufgaben dazu gekommen wären, wäre immer noch alles gut. Aber jetzt musste er Angst haben, nicht auf die weiterführende Schule versetzt zu werden und für seine Eltern wäre das furchtbar. Also würde er morgen alles geben und sie stolz machen.

Als Mark ging, nickte er seiner Mutter zufrieden zu und sie legte erleichtert eine Hand auf Leons Schulter.

„Siehst du? Mit ein bisschen Hilfe bekommst du die Eins zurück und dann zeigst du es deinen Lehrern. Von wegen sitzenbleiben."

Nochmal klopfte sie ihm auf die Schulter und

verschwand dann in der Küche. Ein kleiner Klumpen hatte sich in Leons Magengrube gebildet und je öfter er an morgen dachte, desto größer wurde er. Er durfte sie nicht enttäuschen. Er durfte einfach nicht.

Als der Wecker am nächsten Morgen klingelte, stand Leon mit verquollenen Augen auf. Er hatte nicht geschlafen. Immer, wenn er die Augen zumachte, tanzten Zahlen und Buchstaben vor ihm und lachten ihn aus.

„Na, Schatz. Du bist heute aber pünktlich dran." Mit einem Kaffeebecher in der Hand drehte sich seine Mutter zum Tisch. „Bist aufgeregt, was? Musst du nicht sein. Du hast fleißig geübt und kannst alles. Es kann also nix schiefgehen." Im Stehen trank sie ihren Kaffee und ging dann hinaus.

„Soll ich dich mitnehmen?" Sie hatte nochmal den Kopf durch die Tür gesteckt und klimperte mit dem Autoschlüssel.

„Nein, danke." Leon bemühte sich um ein Grinsen und schob sich den nächsten Löffel Müsli in den Mund.

„Alles klar. Bis später. Viel Glück!"

Wenige Minuten später hörte Leon, wie die Haustür zuschlug und ein Auto gestartet wurde. Ergeben ließ er den Löffel in die halb-volle Schüssel fallen und brachte sie zur Spüle. Er konnte keinen Bissen mehr essen.

Mathe hatten sie in der ersten Stunde. Immer-hin würde er es schnell hinter sich haben.

Mit dem Schulgong trat Herr Kaiser in die Klasse.

„Guten Morgen! Ich hoffe, ihr seid alle gut vorbereitet?" Mit Schwung stellte er seine Ta-sche auf das Pult und zog einen Stapel Hefte hervor.

„So, nun also bitte alles wegräumen, was nichts auf den Tischen zu suchen hat, einen Stift und euren Kopf dürft ihr behalten." Er grinste fröhlich in die Runde. Leon war nicht zum Lachen zumute. Mit seinem Stift fuhr er immer wieder die Maserung des Tisches nach, dann schob Herr Kaiser sein Heft auf den Tisch. Ohne aufzusehen griff Leon danach und zog es zu sich. Seine Finger bebten, Blut rauschte in seinen Ohren.

„Ihr dürft die Hefte öffnen, das Arbeitsblatt liegt wie gewohnt ganz hinten."

Leon zog den weißen Zettel hervor, auf dem ein großes „B" prangte. Schon wieder

Gruppe B, er würde Stein und Bein schwören, dass Gruppe A leichtere Aufgaben bekam.

Als er den Zettel betrachtete, wurde ihm schwer ums Herz. Nur die erste Aufgabe bestand aus normalen Matheaufgaben. Schon jetzt sah er, wie leicht die waren; aber der ganze Rest waren Textaufgaben. In wenigen Minuten hatte er die erste Aufgabe gelöst und starrte nun auf die zweite Aufgabe. Immer wieder las er den kurzen Text, doch er ergab keinen Sinn. Wo sollte hier eine Matheaufgabe drinstecken?

Als es schließlich zur Pause schellte, hatte Leon drei Aufgaben bearbeitet – ein Ergebnis konnte er aber bei keiner vorweisen.

Er rannte förmlich aus dem Klassenzimmer und stürzte auf die Toilette. Mit aller Macht schlug er die Tür der Kabine zu, sodass sie durch die Wucht direkt wieder aufsprang. Erneut zog er sie ins Schloss und drehte sich in dem engen Raum auf den Fersen um. Blanke Wut stand in seinem Gesicht. Mit dem Fuß holte er aus und trat gegen den Papierrollenhalter. Einmal. Zweimal. Endlich erschien eine Beule in dem weißen Blech. Schwer atmend ließ er sich auf die Klobrille sinken und dann flossen die Tränen.

13.

Noch immer grübele ich über Svens Worte nach. Ja, er hat recht. Viel zu oft habe ich die Probleme mit mir selbst ausgemacht, statt mit ihm darüber zu sprechen. Er war doch auch immer so beschäftig gewesen – immer, wenn er neue Ideen für einen seiner Romane hatte, wollte ich ihn nicht belasten und womöglich von seiner Arbeit abhalten.

Ich schiele zu Svens Händen. Wenn er nervös ist, knetet er immer jeden Finger einzeln. Meistens hatte er sich nach dem sechsten, spätestens aber nach dem Ringfinger, entspannt. Heute nicht. Unablässig beginnt er von vorne – Daumen, Zeigefinger, Mittelfinger, Ringfinger, fünf Drehungen am Ehering, kleiner Finger, Daumen, Zeigefinger… Meine Hand greift nach seinen Händen, unsere Finger verschränken sich.

„Es tut mir leid." Ich flüstere, aber in dem ruhigen Zimmer wirkt es, als hätte ich geschrien.

Sven drückt meine Hand fester.

„Ich war doch dankbar, dass du alles in die Hand genommen hast." Er schaut gequält. „Meine Figuren waren mir ziemlich oft viel wichtiger als du und Leon." Eine einsame Träne rollt über seine Wange.

14.
Acht Jahre vor dem Ende
Als Herr Kaiser die Tür hinter sich zuzog, schloss Leon kurz die Augen. Bitte nicht. Bitte keine Fünf.

„Er hat die Arbeiten dabei!" Max stupste Leon in die Seite. „Ich bin ja so gespannt, die Arbeit war echt einfach. Vielleicht habe ich ja eine Eins." Hoffnungsvoll sah er zu der dicken Tasche, die Herr Kaiser gerade auspackte.

„Ja, das wäre klasse." Leon nickte seinem Freund zu.

„So, wie ich sehe, seid ihr schon ziemlich aufgeregt. Nun, ich kann euch sagen, dass ich sehr zufrieden bin. Sehr viele haben sich verbessert – das hebt den Schnitt und die Stimmung." Er wandte sich zur Tafel und schrieb den Schnitt an. Die Kreide quietschte leise, als er unter der Eins eine Sieben eintrug.

„Cool. Sieben Stück!" Max hüpfte auf seinem Stuhl auf und ab. „Eine davon könnte ich doch haben, oder? Oder?" Er stupste Leon an.

„Hm? Ja, klar. Super Schnitt." Abwesend starrte Leon weiter auf die Tafel. Drei Vieren gab es und eine Fünf. An der Tafel hob die Kreidefünf ihr weißes Ärmchen und winkte ihm zu. Sie würde ihm bestimmt auch die Zunge rausstrecken, wenn sie denn eine hätte. Inzwischen ging Herr Kaiser durch die Reihen und verteilte die Hefte. Immer wieder murmelte er ein „Gut gemacht" einem Schüler zu, der daraufhin stolz sein Heft öffnete und anfing zu strahlen.

„Sehr gut gemacht, Max. Wirklich gut, mach weiter so." Er reichte Max das Heft. Grinsend nahm er es entgegen.

Dann wandte sich Herr Kaiser zu Leon. Ernst schaute er ihn einen Moment lang an, dann gab er ihm stumm das Heft. Schwer schluckend griff Leon danach und blätterte mit klammen Fingern die Seiten durch. Auf der letzten Seite stand ein langer Text in roter Tinte, darunter ein *Mangelhaft*. Leuchtend rot tanzten die Buchstaben und lachten Leon aus.

Fassungslos starrte Leon auf das kleine Wört-
chen, das alles zerstörte. Er hatte seine Eltern
enttäuscht. Wie sollte er jemals wieder nach
Hause gehen?

„Oh, Leon. Das tut mir leid. Wirklich." Mitfühlend schaute Max auf Leons Heft. „Heißt
das, du bleibst sitzen?"

Leon schluckte den dicken Kloß in seinem
Hals herunter, schlug das Heft zu und stopfte
es in seine Tasche.

„Mir ist schlecht. Ich gehe nach Hause." Damit stand er auf, ging an Herrn Kaiser vorbei,
der ihn verdutzt anschaute, und lief aus der
Klasse. Im Flur begann er zu rennen. Er hörte
noch, wie Herr Kaiser hinter ihm herrief,
dann war er aus der Tür und auf dem Schulhof. Wo sollte er bloß hin? Hinter seinen Augen begann es schmerzhaft zu brennen. Statt
nach links in Richtung der Bushaltestelle
wandte er sich nach rechts und eilte die Straße
hinunter. Nach zehn Minuten erreichte er einen Spielplatz, wo er sich auf die Schaukel fallen ließ. Er hatte alle enttäuscht. Seine Mutter,
seinen Vater, Mark, alle. Was war er bloß für
ein Versager.

Im Sand vor ihm glänzte es. Leon bückte sich danach und zog eine braune Scherbe hervor. Jugendliche hatten hier wohl eine Party veranstaltet. Er legte die Scherbe auf seine Handfläche und betrachtete sie interessiert. Mit einem Ruck ballte er die Hand zur Faust und drückte mit aller Kraft zu. Blut sickerte durch seine Finger und tropfte in den Sand unter ihm, genauso rot wie die Tinte in seinem Heft.

15.

Sven ist vom Boden aufgestanden und zu Leons Bett gegangen. Dort sitzt er nun, ein Bein untergeschlagen und schaut gedankenverloren zur Zimmerdecke. Ich folge seinem Blick zu dem Modellflugzeug, das schon seit vielen Jahren unter der Lampe seine Kreise zieht.

„Ich dachte immer, er würde Handwerker werden. Mechaniker, irgendwas, das ihn glücklich gemacht hätte."

Sven nickt. „Weißt du noch, wie lange er an diesem Flugzeug gebastelt hat? Es sollte perfekt sein."

„Und das ist es auch geworden." Ich stehe ebenfalls auf, strecke den Arm aus und stupse das Flugzeug leicht an.

„Ich möchte aber mit ihm mitgehen." Leon hatte die Arme in die Seiten gestemmt und schaute seine Mutter grimmig an.

Ich konnte nicht anders, ich musste lachen, als ich meinen Sohn so vor mir stehen sah. „Du hast morgen Schule", wandte ich ein, aber ich wusste bereits, dass ich verloren hatte. Ich konnte ihm einfach nichts abschlagen.

„Ich bringe ihn um neun Uhr zurück. Versprochen." Carsten grinste mich breit an und ich zuckte ergeben mit den Schultern.

„Neun Uhr. Und du gehst sofort in Richtung Bett." Spielerisch hob ich den Zeigefinger und wedelte damit vor Leons Nase hin und her. Entnervt verdrehte er die Augen, dann sprang er strahlend aus der Haustür und in Carstens schwarzen Mercedes. Auch Carsten stieg ein, winkte und setzte zurück.

Im Auto strahlte Leon ihn an. „Danke."

„Nichts zu danken. Ich verspreche dir, es wird ein toller Abend für dich." Er zwinkerte Leon zu, dann brauste er die Straße herunter. Nach zehn Minuten hatten sie die Halle erreicht, wo sich Carsten jede Woche zum Modellflugzeugbau traf. Sie stiegen aus und Leon folgte ihm ins Gebäude.

„Hallo, wer ist denn das?" Ein bärtiger Mann stand vor ihnen, in den Händen hielt er das Modell eines alten Flugzeugs.

„Ist das ein Tiger Moth?"

Überrascht schaute der Bärtige hinab auf seine Hände. „Ja, das stimmt. Woher weißt du denn sowas?"

Verschämt schaute Leon auf seine Füße. „Ich finde das spannend", sagte er mehr zu sich selbst, als zu den beiden Männern.

Wissend nickte der Bärtige Carsten zu und schlug dann Leon auf die Schulter. „Komm mal mit. Du wirst staunen, was wir hier noch so alles haben. Was hältst du von Doppeldeckern?"

Leon nickte begeistert.

Noch nie waren zwei Stunden so schnell verflogen wie an diesem Abend. Die Männer zeigten ihm ihre schönsten Stücke und schließlich durfte er sogar den Tiger Moth fliegen. Heinz, der Bärtige, stand hinter Leon und erklärte ihm die verschiedenen Knöpfe, sodass es Leon nicht nur gelang den Tiger abheben zu lassen, nein, sogar ein Looping gelang ihm und eine fast sichere Landung.

„Toll, Junge." Wieder landete die große Hand auf Leons Schulter, doch diesmal war er vorbereitet und seine Knie sackten nicht zusammen. „Du wirst sehen, du wirst mal ein ganz Großer. Und jetzt komm mal mit."

Er führte Leon zu einem kleinen Räumchen und schloss die Tür auf. Die wenigen Quadratmeter waren mit Regalen vollgestopft, die vor Kartons überquollen. Zwei Menschen konnten unmöglich zusammen in diesem Raum sein und so ging Heinz alleine rein und wühlte durch mehrere Kisten. Schließlich zog er triumphierend eine aus dem Regal.

„Wusste ich doch, dass es noch hier war. Schau mal, Junge." Auf Knien rutschte er zu Leon herum und schob ihm die Kiste zu. „Mach mal auf."

Neugierig hob Leon den Deckel und zog überrascht die Luft ein. In der Kiste lag ein altes Modellflugzeug.

„Es ist nicht mehr top und fliegen kann es nicht", sagte Heinz und zog es heraus. „Aber mit ein bisschen Geschick baust du es wieder zusammen. Was meinst du? Ich schenk es dir."

„Echt?" Leon strahlte ihn an. „Das ist so toll. Dankeschön."

„Keine Ursache, mein Junge. Dann wollen wir es mal zu Carsten bringen." Er schloss die Tür wieder ab und drehte sich grinsend zu Leon um. „Meine Frau wird schimpfen, das glaub aber mal. Sieh nur, wie ich aussehe." Und tatsächlich waren seine Knie und die Ärmel des dunklen Pullovers mit einer weißen Staubschicht bedeckt.

„Das tut mir -"

„Ach, Unfug. Das war es wert." Fröhlich zwinkerte Heinz Leon zu und stapfte mit dem Karton im Arm zum Auto.

Sven und ich saßen auf der Couch, als es schellte.

„Das wird Leon sein." Sven stand auf und ging zur Haustür. Ich hörte, wie Leons begeisterte Stimme durch den Flur drang und steckte ebenfalls den Kopf aus dem Wohnzimmer.

„Hattet ihr einen schönen Abend?"

Leon nickte strahlend und zeigte auf einen großen Karton. „Ich werde mir mein eigenes Flugzeug bauen. Heinz hat es mir geschenkt."

Heinz? Vage Erinnerungen von einem kräftigen und sehr haarigen Mann drangen in mein Bewusstsein. Wenn es dieser Heinz war, dann war er auf jeden Fall sehr nett.

„Aber heute baust du garantiert nichts mehr zusammen. Marsch ins Bett." Ich stürzte mich auf Leon, der mir lachend auswich und hoch in sein Zimmer stürmte.

„Wenn er doch immer so fröhlich wäre." Wehmütig schaute ich die Treppe rauf.

„Das wird schon wieder werden. Vertrau mir, Schatz." Nur zu gern würde ich Sven Glauben schenken.

Noch immer schaukelt das Flugzeug langsam hin und her und mir ist es, als höre ich wieder Leons helles Lachen, als das Flugzeug endlich fertig war und er es stolz mit Sven an der Zimmerdecke montierte.

16.

Plötzlich liegt Svens Hand auf meiner Schulter.

„Ich hole uns was zu trinken, ja?"

Ich nicke stumm, den Blick noch auf das Modell gerichtet, aber das Lachen war verstummt. Langsam lasse ich mich wieder auf das Bett sinken und warte. Auf was genau? Ich weiß es nicht. Auf Sven, auf Leon, darauf, dass ich aufwache und alles war nur ein böser Traum. Ein Klirren holt mich aus meiner Starre und ich richte mich kerzengerade auf. Mein Herz schlägt schneller. Leon? Ich gehe zur Tür und spähe in den Flur. Leise konnte ich Sven fluchen hören. Ich atme durch und schüttle den Kopf. Wie dumm von mir. Leon kam nicht einfach zurück. Ich eile die Treppe hinunter und finde Sven auf dem Boden knieend, Glasscherben liegen um ihn herum verstreut und bilden ein bizarres Muster. Unser Leben liegt vor uns, unrettbar zerstört. Sven hält seine Hand. Blutstropfen vor ihm auf den weißen Fliesen. Rot wie Blut, weiß wie Schnee und schwarz? Schwarz wie der Tod.

Ich ziehe ihn hoch und verfrachte ihn auf den nächsten Stuhl.

„Blöde Scherben. Mistzeug", murmelt Sven und betrachtet unglücklich seine Handfläche. Ich lächle und krame im Schrank nach dem Verbandskasten, dann tupfe ich das Blut ab und lege eine sterile Auflage auf die Wunde, bevor ich die Hand verbinde. Als ich so vor Sven sitze und seine Hand in meiner spüre, brechen Erinnerungen über mich herein und reißen mich mit.

Ein Kunde hatte kurzfristig abgesagt, so dass ich bereits um zwölf Uhr mit der Arbeit fertig war. Im Auto entschied ich mich spontan, Leon von der Schule abzuholen. Vielleicht hatte er ja die Mathearbeit wiederbekommen? Vor der Schule blieb ich im Auto sitzen und beobachtete den Eingang. Wenige Minuten später schellte es und ein Strom an Schülern ergoss sich auf den Schulhof. Nach einiger Zeit entdeckte ich Max in der Gruppe, aber Leon war nicht bei ihm. Ich stieg aus dem Auto und schaute mich suchend um, dann eilte ich in die Schule. Wo war er nur? Im

Sekretariat konnte man mir nicht helfen und so lief ich durch den Flur in Richtung des Klassenzimmers.

„Frau Fechtler?" Herr Kaiser eilte den Flur entlang auf mich zu. „Leon ist heute Morgen fortgelaufen. Er hat die Fünf nicht verkraftet. Ist er nicht zuhause?"

Fünf? Schon wieder? Das konnte nicht sein. Fassungslos starrte ich den Lehrer an.

„Es ist für ihn das Beste, noch mal zu wiederholen. Glauben Sie mir. Auf einer weiterführenden Schule geht er unter. Leon braucht einfach noch mehr Förderung, damit er endlich richtig Lesen lernt."

Noch mehr Förderung? Noch mehr Druck für Leon? Die Lehrer begreifen es einfach nicht. Wegen des ganzen Drucks ist er jetzt fortgelaufen. Ich drehte auf dem Absatz um, kramte mein Handy hervor und wählte die Nummer von Zuhause. Endlich hob Sven ab. Leon? Nein, der sei nicht hier. Warum? Er habe doch jetzt erst Schulschluss.

„Nichts, alles gut. Dachte er wäre schon da." Ich ließ das Handy sinken und schaute mich gehetzt um. Wo konnte er sein? Vier Stunden waren eine verdammt lange Zeit. Wo würde ich hingehen? Ich setzte mich ins Auto und schaute die Straße entlang. Weg von zuhause. Ich startete den Motor und rollte in die entgegengesetzte Richtung. Wenn man sich nicht auskennt, bleibt man an der Hauptstraße, oder? Ich fuhr weiter. Nach ein paar Minuten erreichte ich eine Querstraße und bog ab. Mein Bauchgefühl drängte mich zu einem Spielplatz, wo wir früher öfter waren, weil es hier so ein tolles Klettergerüst gab. Dort angekommen, stieg ich aus und hätte vor Erleichterung fast geweint. Auf der Schaukel saß Leon. Ein zusammengekauertes Häufchen Elend. Ich eilte zu ihm. Was war ich bloß für eine Mutter, dass sich mein Kind nicht mehr nach Hause traute, nur weil es eine schlechte Note geschrieben hatte? Vor Leon ließ ich mich in den Sand fallen, sein Gesicht war verquollen, die Augen rot geweint. Als ich seine Hände ergreifen wollte, zuckte er zurück. Entsetzt schaute ich auf die blutige Hand und das Blut im Sand.

Was war geschehen? Leon zuckte nur mit den Schultern. Gestürzt sei er.

„Lass uns nach Hause gehen oder besser zum Arzt?" Besorgt musterte ich die dicke Blutkruste.

„Bist du nicht sauer?" Dieser verzweifelte Blick. Gänsehaut lief mir über den Rücken und ich umarmte ihn fest.

„Niemals. Ich bin niemals sauer auf dich wegen einer blöden Note. Nie. Ich habe dich nämlich lieb. So wie du bist."

Leon zog geräuschvoll die Nase hoch. „Echt?"

„Echt." Ich griff nach seinem Rucksack und wir stiegen ins Auto. Zuhause angekommen, stand Sven in der Küche und schaute uns verwundert entgegen. Mit einer Geste machte ich ihm deutlich jetzt keine Fragen zu stellen, er nickte, wuschelte Leon durch das Haar und ging mit einer Tasse Kaffee zurück an die Arbeit.

Ich reinigte Leons Hand und zuckte beim Anblick des tiefen Schnitts zurück. Sorgfältig desinfizierte ich die Wunde und legte einen Verband auf. Dann drückte ich einen Kuss darauf und Leon zog lachend die Hand aus meiner.

Ich drehe Svens Hand und kontrolliere den Verband, dann senke ich den Kopf und drücke meine Lippen auf den weißen Stoff.

„Ob er noch lebt?"

Ich hebe den Blick. „Ja. Ich spüre es."

Sven nickt leicht. Er glaubt mir nicht.

17.

Drei Jahre vor dem Ende

Gehetzt schaute Leon sich um. Die anderen waren noch immer in der Sporthalle. Was ein Glück. Hastig streifte er sein Shirt ab, griff nach seinem Deo und warf sich in derselben Bewegung das frische T-Shirt über.

„Wenn man stinkt, hilft auch ein Deo nichts."

Die arrogante Stimme ließ Leons Nackenhaare zu Berge stehen. Nicht umdrehen, einfach ignorieren. Einfach ignorieren. Unermüdlich flüsterte eine Stimme in seinem Kopf diese Worte. Er griff nach seiner Jeans und wollte sie gerade über seine Sporthose ziehen, als sich wieder die Stimme hinter ihm zu Wort meldete. Sie gehört zu Florian, dem Klassenoberhaupt oder wie Leon fand, dem größten Arsch der Welt.

„Leute, ich glaube wir müssen dem Stinktier mal zeigen, wie man sich richtig umzieht und vor allem auch wie man eine Dusche benutzt." Grölend fing die Clique um Florian an zu lachen. Noch immer mühte Leon sich damit ab, die Jeans über den Stoff zu ziehen. Kaan, ein bulliger Junge in der Größe eines Schranks, trat auf ihn zu, er grinste hämisch. Leons Blick irrte durch den Raum und blieb an einigen Jungen hängen. Als Thomas seinen Blick bemerkte, zog er eilig seine Jacke an und verließ die Umkleide, auch Oktay folgte ihm, warf Leon aber noch einen entschuldigenden Blick zu, bevor die Tür hinter ihm zuschlug.

„Dann wollen wir doch mal schauen." Florian grinste abfällig, dann packte Kaan Leon und hob ihn hoch wie ein Spielzeug.

„Lasst mich gehen!" Leon begann wie wild um sich zu treten, doch es nützte nichts. Mit einem Ruck rissen Florian und Kevin seine Jeans wieder runter, dann auch seine Sporthose.

„Bitte, lasst mich gehen. Bitte." Zu seiner Schande merkte Leon, wie heiße Tränen in seine Augen stiegen. Das durfte jetzt nicht passieren. Niemals vor diesen Typen weinen.

Rückwärts zog Kaan ihn in den Duschraum, während die anderen grölten.

„Was ist hier los?" Eine helle Stimme ließ alle verstummen. Manuela stand in der Tür, das wohl schönste Mädchen der Klasse, die sich ihres Äußeren auch sehr bewusst war. Und: die Freundin von Florian.

„Wir wollen dem Stinktier mal zeigen, wie eine Dusche funktioniert." Florian grinste selbstgefällig.

„Aber doch nicht so?" Auf ihren hohen Schuhen schritt Manuela zu Leon und Kaan. Unter ihrem eisigen Blick erstarrte Leon. Nackte Angst kroch an ihm hoch. Was sollte jetzt noch passieren? Kaan verstärkte seinen Griff und Manuelas Hand näherte sich Leon.

„Ich denke, man sollte auch den kleinen Leon mal waschen." Bevor Leon verstand, was sie damit meinte, zog sie ihm mit einem Ruck die Retro-Shorts aus. Mit den Händen im Klammergriff von Kaan konnte er seine Blöße nicht bedecken und jetzt kamen doch die Tränen.

„Also", Florian kam näher und legte den Arm um Manuelas Schulter, „ich an deiner Stelle würde nicht heulen, wenn so eine heiße Braut mich nackig macht." Die Umkleide dröhnte vor Gelächter und endlich ließ Kaan Leon los. Kraftlos sackte er auf den Fliesen zusammen und versuchte mit seinem Shirt das Nötigste zu bedecken.

„Kommt, Leute! Duschen zeigen wir ihm das nächste Mal. Immerhin weiß er jetzt schon, wo sie sind und dass man sich dafür nackig machen muss." Florian und Manuela verließen die Umkleide eng umschlungen, dann folgten ihnen die anderen.

Als Leon sicher war, dass sie nicht zurückkommen würden, stand er auf, schnappte sich seine Sachen und zog sie eilig über. Dann setzte er sich auf die Bank und lehnte den Kopf gegen die Wand. Es schellte, die große Pause war vorbei. Nur was sollte er machen? Einfach zurück in die Klasse, wo bestimmt schon alle Bescheid wissen?

Entschlossen schnappte er sich seine Tasche, verließ die Turnhalle und wandte sich Richtung Straße.

„Wo willst du hin, junger Mann?" Frau Peters stand plötzlich hinter ihm.

„Mir geht es nicht gut. Ich muss nach Hause."
Leon schaute an ihr vorbei, damit sie die Lüge nicht in seinen Augen sehen konnte.

„Das kommt gar nicht in Frage. Du bist putzmunter. Also ab in die Klasse!"

„Ich gehe dort nicht rein!" Er schrie und er wusste, es war ein Fehler, aber er konnte es nicht verhindern.

Zornesröte stieg in Frau Peters' Wangen. „Das werden wir ja noch sehen. Entweder du gehst jetzt sofort in den Unterricht oder wir gehen zur Direktorin. Das wäre vermutlich sowieso das Beste. Weißt du, wie oft ich mich bereits bei deiner Mutter beschwert habe über dich? Ich hatte in all der Zeit noch nie einen Jugendlichen, der so auf Streit aus war, wie du."

Hart schluckte Leon eine Erwiderung herunter. Wenn er jetzt von der Schule flog, was würden denn dann seine Eltern sagen? Stumm wandte er sich um und rauschte an der Lehrerin vorbei in Richtung Schulgebäude. Es war jetzt sowieso egal.

Er kam zu spät zu Englisch und reagierte auch nicht, als der Lehrer ihn ins Klassenbuch eintrug. Die Doppelstunde rauschte an ihm

vorbei, ohne dass er auch nur ein Wort mit-
bekam; erst der Schulgong riss ihn aus seiner
Trance. Er sprang auf und verließ als erster
den Raum, eilte durch die Pausenhalle und
setzte sich schließlich unter eine Treppe.
Doch seine Hoffnung, hier nicht gefunden zu
werden, wurde jäh enttäuscht.

„Hallo Leon. Möchtest du nicht nochmal allen deinen kleinen Schniedel zeigen?" Florian
stand ebenfalls unter der Treppe und lehnte
sich lässig an die Treppenstufe. „Ich sag' dir,
die anderen Mädchen waren schwer enttäuscht."

Leon hatte sich erhoben. Florian war allein.
Das war seine Chance. Er trat auf ihn zu und
schlug ihm mit aller Kraft ins Gesicht. Kurz
schaute Florian perplex, dann schlug er zurück. Raufend lagen sie unter der Treppe, als
Kaan und Kevin zu ihnen stießen. Drei gegen
einen. Was sollte er tun? In die Ecke gedrängt,
blickte er sich hilfesuchend um. Eine Traube
von Schülern hatte sich gebildet, die die
Kämpfenden laut anfeuerten. Leons Hand
fuhr in seine Hosentasche, doch er hatte
nichts dabei, um sich zu wehren, lediglich sein
Asthmaspray. Florian und Kaan standen

dicht vor ihm und lachten siegessicher. Vielleicht brachte es ja was. Er zog das Spray hervor und sprühte mehrere Stöße in die Gesichter. Fluchend ließen sie von ihm ab und torkelten blind einige Schritte zurück.

„Was geht hier vor?" Frau Peters und Herr Siebert bahnten sich einen Weg durch die Menge. Das leere Asthmaspray fiel klappernd zu Boden.

18.

Ich sitze Sven gegenüber und zeichne mit dem Finger die Maserung des Küchentisches nach. Geradeaus, dann eine leichte Kurve nach links, wieder geradeaus und schließlich immer im Kreis, immer enger bis ins Zentrum, wo es keinen Ausweg mehr gibt. Mein Finger verharrt in der Mitte eines Astlochs. Gedankenverloren sehe ich auf. Auch Svens Finger haben sich eine Ablenkung gesucht und fahren rastlos über den Rand seines Wasserglases. Ich schaue zum Fenster. Noch immer war draußen schwarze Nacht, aber ein heller Stern funkelt zwischen den Bäumen. Plötzlich sehe ich Leon vor mir, wie er eifrig aus dem Fenster schaut. Damals war er acht Jahre alt.

„Wie lange hast du ans Christkind geglaubt?“ Überrascht schaut Sven hoch. Er grinst verlegen und runzelt die Stirn. „Ich fürchte, bis ich zehn war oder so. Mein Onkel hatte mir immer gesagt, er habe eine ganz besondere Lichterkette, mit der er das Christkind sichtbar machen könne – nun ja, an Heiligabend habe ich es dann immer vergessen und mich am nächsten Tag tierisch geärgert.“ Er lacht. „Irgendwann habe ich dann einfach nicht mehr dran geglaubt.“

„Weihnachten war doch immer schön gewesen, oder? Also ich meine so richtig schön.“ Fragend schaue ich zu Sven, nicht sicher, was genau ich jetzt eigentlich hören will.

„Ja, das war es. Auch dank dir. Deine Aktion mit dem Brief vom Christkind höchstpersönlich war echt klasse. Leon hat echtes Glück mit dir – und ich auch.“ Sven schiebt seine Hand über den Tisch und ergreift meine. Verschränkt liegen unsere Finger über dem Astloch, das so sehr einem Strudel gleicht.

Ich lächle und schaue wieder in den dunklen Himmel; Wolken verbergen nun den Stern.

♣♠♠

Leise Schritte verrieten mir, dass sich Leon zurück ins Bett stahl. Lauschend wartete ich im dunklen Schlafzimmer, bis ich mir sicher war, dass Leon eingeschlafen war, dann huschte ich mit meinem kleinen Kosmetikköfferchen die Treppe herunter in die Küche. Auf dem Fensterbrett lag Leons Brief ans Christkind. Flink nahm ich ihn an mich und drapierte meinen zuvor geschriebenen Brief an derselben Stelle. Mit Goldstift und extra vielen Schnörkeln hatte ich auf dem Büttenpapier für besondere Anlässe einige Zeilen geschrieben. Große und deutliche Buchstaben, so würde er keine allzu großen Schwierigkeiten haben, die Worte sofort zu lesen. Ich griff nach dem großen Rougepinsel und öffnete die Dose mit dem goldenen Glitzerpuder. Großzügig verteilte ich den „Goldstaub" auf der Fensterbank, am Fensterrahmen und auf dem Küchentisch. Was würde er wohl morgen für Augen machen! Dann öffnete ich seinen Brief. Eine Buntstiftzeichnung zeigte eine Zuckerwattemaschine. Ich würde wohl nie verstehen, was Leon an dem klebrigen Zeug so toll fand. So etwas gab es hier tatsächlich nicht zu kaufen, aber das Internet würde mir da schon weiterhelfen. Heiligabend wird er eigene Zuckerwatte essen können. Eine grauenvolle Vorstellung, aber dafür durfte er noch eine Weile Kind sein. Ich verstaute den Brief in dem Köfferchen und schlich leise nach oben.

Am nächsten Morgen stand ich gerade im Bad vor dem Spiegel und tuschte meine Wimpern, als ich leise Schritte auf der Treppe hörte. Mein Spiegelbild grinste mir verschwörerisch zu und ich tuschte andächtig weiter. Im Innern zählte ich einen Countdown herunter. *Acht – Sieben – Sechs – Fünf – Vier –* plötzlich wurde die Tür aufgerissen und Leon stand vor mir. Mit geröteten Wangen und strahlenden Augen wedelte er den Brief durch die Luft.

„Schau nur! Das Christkind hat mir geschrieben." Verzückt betrachtete er die goldene Schrift.

„Das freut mich." Wie glücklich er doch war!
„Jetzt weißt du, dass es das Christkind doch gibt. Man muss nur dran glauben." Ich strich ihm sanft über das Haar, dann wurde mir mit einem Mal bewusst, dass er es sofort in der

Schule erzählen würde. Und dann? Er durfte nicht wieder zum Gespött werden. Ich sank vor ihm in die Hocke und schaute Leon ernst an. „Du weißt, dass die Kinder in der Schule nicht mehr daran glauben. Erzähl ihnen nichts von dem Brief. Sie würden dich nur wieder auslachen, ok?"

Leon erwiderte meinen Blick, dann nickte er bedächtig, drückte den Brief an sich und verschwand in seinem Zimmer. Nachdenklich betrachtete ich mein Spiegelbild. Hatte ich das Richtige getan? Es war eine Lüge. Mein Gegenüber lächelte mir beruhigend zu. Leon war glücklich und das entschuldigte ja wohl alles, oder?

„Haben wir diese Maschine eigentlich noch?" Svens Mundwinkel zucken.

Ich schüttele mich leicht. „Ich fürchte, sie ist noch irgendwo in der Garage, dieses furchtbare Ding. Wie kann man sowas nur essen?"

„Oh, ich hätte schon Lust drauf – soll ich mal gucken?" Er erhebt sich leicht und beginnt zu grinsen.

„Bloß nicht." Lachend ziehe ich ihn zurück. Fassungslos halte ich inne. Wie konnte es sein, dass ich lache?

19.

Drei Jahre vor dem Ende

Leon und seine Mutter saßen am Wohnzimmertisch, die erste Kerze am Adventskranz brannte und aus dem Radio klang *Last Christmas* zu ihnen herüber. Konzentriert beugten sich beide über Goldfolie und schnitten kleine und große Sterne aus, die sie dann zu einem großen zusammenfügten.

„Hübsch, oder?" Seine Mutter hob den ersten fertigen Stern hoch, das flackernde Licht der Kerze spiegelte sich in der Folie und es schien, als würde der Stern von innen heraus leuchten.

„Ja, wirklich schön." Leon nickte zustimmend und strich die Folie glatt, um einen neuen Stern auszuschneiden.

„Weißt du was?" Fröhlich stupste sie ihn in die Seite. „Die nächsten, die wir machen, nimmst du mit in die Schule, damit eure

Klasse auch schön geschmückt ist. Was meinst du?"

Zweifelnd hob Leon eine Augenbraue, dann senkte er den Kopf.

„Ich glaube, das ist keine gute Idee –"

„Ach, Unfug. Du wirst schon sehen. Alle werden sich freuen."

„Nein, werden sie nicht", flüsterte Leon und beugte sich tiefer über die Folie. Seine Mutter hörte seinen Einwand nicht und begann *Jingle Bells* zu summen, während sie weitere Sterne ausschnitt.

Am nächsten Morgen packte Leon seinen Rucksack und griff vorsichtig nach den zwei Goldsternen. Im Klassenzimmer angekommen, bereute er es sofort, die Sterne tatsächlich mitgebracht zu haben. Dabei war die Idee wirklich gut, alle Zimmer waren geschmückt, nur dieses nicht.

„Oh, schaut nur, was der kleine Leon Hübsches mitgebracht hat." Höhnisch lachend griff Florian nach einem der Sterne und hielt ihn hoch, so dass auch der letzte in der Klasse ihn sehen konnte.

„Gib ihn zurück!" Mit aller Kraft schlug Leon gegen Florians Brustkorb, doch der wich ihm lachend aus.

„Das sieht der Weihnachtsmann aber gar nicht gerne, du ungezogener Junge."

„Bitte." Leon hob den Arm, konnte den Stern aber nicht erreichen.

„Was ist hier los?" Frau Freitag stand in der Tür und musterte die Jungen argwöhnisch.

„Ich habe den anderen nur gezeigt, was Leon für hübsche Goldsterne gebastelt hat. Damit sieht unsere Klasse direkt viel schöner aus." Grinsend gab er den Stern Leon zurück und lächelte Frau Freitag einnehmend an.

„Das ist aber wirklich eine schöne Idee, Leon. Leg sie doch bitte dort auf die Fensterbank. Ich bringe dann Tesafilm mit, damit wir sie aufhängen können."

Dankbar nickte Leon, legte die Sterne ans Fenster und setzte sich an seinen Tisch vorm Pult.

„Und da wir ja jetzt quasi schon beim Thema sind, können wir auch direkt die Namenszettel zum Wichteln ziehen."

Ein Stöhnen ging durch die Klasse.

„Wichteln ist doch was für Babys", rief Kaan und erntete zustimmendes Gemurmel.

„Wichteln ist eine schöne Sache und man muss sich auch Gedanken machen, Kaan. Ich glaube nicht, dass Babys das schon können. Also her mit euren Namenszetteln."

Brummelnd befolgte die Klasse die Aufforderung und das kleine Täschchen von Frau Freitag füllte sich mit gefalteten Zetteln. Leon zerknüllte seinen Zettel in der Hand, zögerte und tat schließlich nur so, als hätte er ihn hineingeworfen. Heimlich ließ er ihn in der Hosentasche verschwinden.

„So, jetzt zieht bitte jeder einen Zettel und denjenigen beschenkt er dann am letzten Schultag mit einer hübschen Kleinigkeit und wehe", sie hob drohend den Finger, „wehe, jemand verschenkt so einen Mist wie Kondome."

„Jetzt haben Sie meine Idee kaputt gemacht." Florian grinste frech und warf Manuela einen anzüglichen Blick zu.

„Ruhe, Florian." Frau Freitag schenkte ihm keine weitere Beachtung, sondern ging mit der Tasche durch die Reihen und jeder zog einen Zettel heraus.

Leon entfaltete seinen und las *Yasemin*. Yasemin war in Ordnung. Unauffällig drehte er sich zu dem dunkelhaarigen, schüchternen Mädchen um. Was konnte er ihr bloß schenken?

20.

Hastig stehe ich auf, entziehe Sven meine Hand, ignoriere seinen entsetzten Gesichtsausdruck und eile ins Bad. Hinter mir schließe ich die Tür und lasse mich zu Boden sinken. Es war stockdunkel. In der Eile hatte ich vergessen, das Licht anzumachen, aber nochmal die Tür öffnen, wollte ich nicht. Es war ja sowieso egal. Heulen kann man genauso gut im Dunkeln. Ich ziehe die Beine an, umschlinge sie fest mit meinen Armen und wiege mich leicht vor und zurück. Mein Sohn war fort, höchstwahrscheinlich schon längst tot, irgendwo weinten jetzt zu genau dieser Sekunde die Eltern der Getöteten – die mein Sohn erschossen hatte, und was mache ich? Wie kann es sein, dass ausgerechnet ich lache? „Vera? Alles gut bei dir?" Gedämpft dringt Svens Stimme durch die Tür. „Bitte mach auf, habe ich etwas falsch gemacht?"

Ich beiße heftig in mein Knie, um einen lauten Schluchzer zu verbergen, und schlinge die Arme über meinen Nacken.

„Mach auf, Schatz! Wir brauchen uns doch!" Leider hatte er recht. Was war ich denn ohne ihn? Im Dunkeln tastet meine Hand nach dem Schlüssel und dreht ihn im Schloss. Langsam wird die Tür geöffnet und ein Lichtstrahl fällt auf den gefliesten Boden. Sven lässt das Licht ebenfalls aus, schließt die Tür aber nicht komplett, sodass das Flurlicht noch in das Bad dringen konnte. Auch er setzt sich auf den kalten Boden, legt einen Arm um mich und zieht mich eng an sich.

„Wir müssen jetzt zusammenhalten." Sanft streichen seine Finger über meinen Rücken. „Für Leon. Und für uns."

Ich starre auf die dunklen Umrisse der Duschwand und schlucke hart.

„Wir hätten es doch merken müssen. Irgendwann. Schon als er noch Kind war."

Ich spüre, wie Sven den Kopf schüttelt. Er zieht mich fester an sich.

„Hör auf, darüber nachzudenken. Wir haben vieles nicht erkannt. Wir sind aber auch nicht schuld, ok?"

„Ja, aber was ist damit, dass er so verrückt nach Panzern war? Da war er doch erst in der dritten Klasse. Vielleicht fing da bereits alles an?"

Als Friseurmeisterin ohne einen festen Salon war ich zwangsläufig viel unterwegs und besuchte meine Kunden zuhause, aber einmal die Woche arbeitete ich in der hiesigen Kaserne – purer Luxus, endlich kamen die Kunden zu mir und nicht umgekehrt und zu tun gab es immer genug. Besonders als Leon noch klein war, habe ich ihn öfter mitgenommen und die Soldaten haben sich rührend um ihn gekümmert. Irgendwann zeigte Manfred ihm die Panzer und seitdem war er fasziniert von den großen Dingern. Für mich war nichts Schlimmes dabei – als Junge durfte man doch solche Sachen toll finden. Leider sahen das nicht alle so.

Es war wohl in der dritten Klasse, als sie Werbeplakate entwerfen sollten und Leon sich fatalerweise für seine geliebten Panzer entschied. Frau Leifeld rief am Abend an und erklärte mir, mein Sohn sei ein Waffenfanatiker und wir müssten dringend etwas dagegen tun.

Waffenfanatiker? Das war so lächerlich. Natürlich fand er alles am Soldatenleben gut und Panzer waren einsame Spitze, aber er war doch kein angehender Amokläufer! Ich machte dieser Frau klar, dass Leon bereits von klein auf mit Panzern in Kontakt gekommen ist und er so nah dran war wie sonst kaum ein Schüler. Sie solle gefälligst erstmal nachdenken, bevor sie solche Verleumdungen in den Raum stellt. Frau Leifeld legte einfach auf.

Hatte sie etwa damals schon recht? Wenn ich doch nur wüsste, was er an Panzern so faszinierend fand. Ich hatte ihn nie gefragt.

„Glaub mir, Leon ging es damals gut und er war glücklich. Nein, wir haben ihn erst im letzten Jahr verloren. Als er nicht mehr richtig mit uns sprach – da ist es passiert."

„Also sind wir schlechte Eltern." Ich richte mich auf und betrachte die schemenhaften Umrisse meines Mannes in der Dunkelheit.

21.

Zwei Jahre vor dem Ende

Wie ein Schatten glitt Leon in das Klassenzimmer und ließ sich in der letzten Reihe auf seinen Platz sinken. Die schwarze Kapuze verdeckte sein halbes Gesicht und bildete eine schützende Mauer um ihn herum. Die anderen johlten und warfen ein Etui durch das Zimmer. Sie spielten Schweinchen in der Mitte mit dem neuen Mitschüler, der erst zu Beginn des neuen Schuljahres zu ihnen gekommen war. Ein kleiner, dicklicher Junge, dessen Stimme noch immer glockenhell war. Kaum hatte Sascha die ersten Worte gesagt, war er jubelnd zum neuen Opfer von Florian und Kaan auserkoren worden. Leons Augen folgten dem Etui, das von links nach rechts flog. Sascha hüpfte auf und ab und versuchte es wieder an sich zu nehmen, doch er hatte keine Chance. Kurz trafen sich ihre Blicke und hastig zog Leon die Kapuze tiefer ins Gesicht. Die Schule war in den letzten Wochen relativ angenehm gewesen. Er würde einen Teufel tun und auf sich aufmerksam machen. Innerlich brodelte es aber in ihm. Man müsste diesen Idioten einen richtigen Denkzettel verpassen. Als sich der Reißverschluss öffnete und alle Stifte säuberlich im Klassenzimmer verteilte, rannte Sascha schluchzend aus dem Raum. In der Tür prallte er mit der verdutzten Frau Freitag zusammen, die ihm eilig Platz machte. Ihre Augen huschten zornig über ihre Schüler.

„Was soll der Mist?" Mit einem Knall landete ihre Tasche auf dem Pult. „Ihr seid die schlimmste Klasse, die ich jemals hatte. Ich mache drei Kreuze, wenn ich euch endlich los bin. Jetzt sammelt auf der Stelle die Stifte ein!"

„Aber Frau Freitag…" Die schmeichelnde Stimme von Florian rief einen Würgereiz in Leon hervor, den er nur mit Mühe unterdrücken konnte.

„Das gilt insbesondere für dich, Florian Casper Sonnenau! Du schreibst jetzt einen Entschuldigungsbrief an Sascha."

„Ja, ist klar." Florian lehnte sich entspannt zurück und kippelte mit seinem Stuhl.

Das war zu viel für Frau Freitag. Mit großen Schritten eilte sie zu ihm und knallte ihr langes Lineal auf den Tisch.

„Du kannst auch direkt zur Direktorin. Deine Entscheidung!"

Die Spannung in der Klasse war greifbar. Fasziniert beobachtete Leon, wie Florian ganz langsam aufstand.

„Dann werde ich wohl mal zu ihr gehen. Ich wollte mich eh schon länger über Sie beschweren. Mein Vater wird auch sehr ungehalten sein, wenn ich ihm erzähle, dass Sie mich geschlagen haben. Hat sie doch, oder?"

Er drehte sich grinsend zur Klasse um, die ihn johlend beklatschte.

„Ich hab's genau gesehen!"

„Ich auch!"

Überheblich drehte sich Florian wieder zur Lehrerin, ging an ihr vorbei und verließ die Klasse. Frau Freitag blieb wie erstarrt mitten im Raum stehen. Minuten vergingen und das Kichern in der Klasse wurde immer lauter, dann straffte sie sich, nahm ihre Tasche und verließ ohne ein weiteres Wort den Raum.

Zwei Tage später kam Frau Freitag wieder in den Unterricht, als sei nichts gewesen. Sascha kam jedoch nicht wieder. Er hatte die Schule gewechselt. Und damit war Leon zurück im

Fokus der Clique. Seine schwarze Kleidung, zuvor noch Schutz und Sicherheit, war der Aufhänger für die ersten Attacken. Dann wurde erneut sein Spind aufgebrochen, Kleidung und Bücher wurden mit Wasser getränkt und im Flur verteilt. Von Frau Freitag konnte Leon keine Hilfe mehr erwarten. Sie kam nur noch in die Klasse, ratterte ihr Programm runter und verschwand, noch ehe der Pausengong verklungen war. Florian und Kaan waren die Herrscher. Hass kroch durch Leons Adern. Er malte sich aus, wie es wäre, Florian zu töten. Langsam. Qualvoll. Jedes Glied würde er ihm einzeln abhacken und ihn dann langsam aufschlitzen. Wenn Leon die Augen schloss, sah er die Szene in allen Details vor sich, sogar die Angst konnte er riechen.

Doch all diese Fantasien nutzten ihm nur wenig.

Täglich lauerte man ihm auf – in der Schule, auf dem Nachhauseweg. Angst gesellte sich zum Hass. Leon wollte nicht mehr zur Schule. Nie mehr. Also verließ er morgens das Haus und ging in den Stadtpark. Dort setzte er sich auf eine Bank und wartete. Wenn er sich sicher sein konnte, dass seine Mutter zur Arbeit war, schlich er sich wieder ins Haus und verschanzte sich in seinem Zimmer. Das Arbeitszimmer seines Vaters lag zum Glück im Dachgeschoss und wenn der einmal am Schreiben war, bekam er sowieso nichts mehr mit.

Das ging fast zwei Monate gut. Doch eines Tages stand seine Mutter wutschnaubend in der Zimmertür.

„Die Schule hat angerufen, Leon! Du warst fast zwei Monate nicht mehr dort. Ich hoffe für dich, du hast eine gute Erklärung!"

Leon schmiss seinen Zeichenblock zu Boden und starrte seine Mutter zornig an.

„Du hast ja keine Ahnung, wie das ist! Alle hassen mich und ich hasse die!"

„Schluss jetzt! Morgen bringe ich dich höchstpersönlich zur Schule."

„Du kannst mich nicht zwingen! Raus! Verschwinde!" Leon riss seiner Mutter die Türklinke aus der Hand und schmetterte die Tür ins Schloss. Klimpernd fiel der Schlüssel zu Boden. Er schnappte ihn sich und rammte ihn zurück ins Schloss. Hinter der Tür hörte er es schluchzen. Jetzt heulte seine Mutter auch noch. War denn das zu glauben?

Am nächsten Morgen passte ihn seine Mutter vor dem Badezimmer ab. Sie hielt seine Schulsachen in der einen Hand und seine Anziehsachen in der anderen.

„Ich habe dein Zimmer abgeschlossen, dein Handy bleibt bei mir und deine Haustürschlüssel auch. Ich will dich hier erst wieder heute Nachmittag sehen. Und hier", sie deutete mit dem Kopf auf ein gelbes Papier. „Das ist deine Krankschreibung für die letzten zwei Monate." Damit ließ sie die Sachen vor seine Füße fallen und eilte die Treppe herunter. Fassungslos starrte Leon ihr nach.

22.

Ich wollte immer nur eine gute Mutter sein. Nichts weiter. Doch was sind die Maßstäbe von „gut"? Meine Finger fahren durch die wolligen Teppichfasern des Badezimmerteppichs, während die Gedanken weiter kreisen. Gut – du bist nur eine gute Mutter, wenn dein Kind Leistungen bringt, wenn du es richtig förderst, wenn es Medaillen nach Hause holt.

Es ist doch so. Mit keinem meiner Freunde konnte ich über Leons Probleme reden. Selbst meine Eltern. Als klar war, dass Leon es nicht auf das Gymnasium schaffen würde, haben sie mir Vorwürfe gemacht. Ich hätte strenger sein müssen, hätte ihn zwingen müssen zu lernen, hätte, hätte, hätte. Ich schlinge die Arme um meine Beine und wiege mich vor und zurück. Svens Hand legt sich auf meine Schulter, doch ich spüre sie kaum noch. Wieder steigen Erinnerungen auf und überfluten mich.

Leon ging in die zweite Klasse. Deutsch war weiterhin eine Katstrophe, dabei war Frau Leifeld wirklich nett. Auf dem Elternsprechtag hatte sie mir versichert, dass sie sich ganz besonders um Leon kümmern würde, damit er trotz seiner LRS weiterkomme. Doch ich machte mir große Sorgen. Leon klagte mindestens zweimal die Woche über heftiges Bauchweh und Kopfschmerzen. Die Untersuchungen beim Kinderarzt ergaben – nichts. Und dann fiel mir der Rhythmus auf. Leon war immer krank, wenn er Deutsch hatte. Auf diese Weise hatte er rund die Hälfte des

Deutschunterrichts versäumt. Ich musste dem Ganzen ein Ende setzen. Als ich ihn weckte, verkroch er sich tiefer unter der Bettdecke. Heute musste ich hart bleiben. Also zog ich ihm die Decke weg und hievte ihn auf die Füße. Er weinte und schrie. Dann fing er an mich zu treten. Was war bloß in dieses Kind gefahren? Grob schüttelte ich ihn.

„Du musst zur Schule. Alle Kinder müssen dorthin."

„Ja, aber nicht alle sind so doof wie ich!" Die Worte trafen mich. Was musste passiert sein, dass ein Kind sowas von sich behauptet? Schmerzhaft erwischte er mich am Schienbein, dabei wand er sich wie ein Aal, um meinem Griff zu entkommen. Ich hielt ihn weiter auf Abstand und betrachtete ihn nachdenklich.

„Du bist nicht doof. Eine Lese-Rechtschreib-Schwäche hat nichts mit Dummheit zu tun. Wer hat dir sowas erzählt?"

„Alle."

Plötzlich wich die Energie aus Leon. Mit gesenktem Kopf stand er vor mir, dann flossen Tränen. Stumm rannen sie ihm über die Wangen. Wer hatte mal gesagt, dass Kinder, die leise weinen, echte Sorgen haben, während lautes Weinen Aufmerksamkeit erzeugen möchte? Wer auch immer das war, er hatte recht. Ich drückte Leon an mich.

„Du bist nicht dumm." Immer und immer wieder widerholte ich diesen Satz. Ich wusste, dass er wahr war, aber Leon konnte ich nicht so einfach überzeugen. Irgendjemand in der Schule hatte ihm sein Selbstwertgefühl geraubt. Das konnte ich ihm nicht so schnell wiedergeben, es würde Wochen dauern, das war mir klar. Ich strich ihm sanft über den Rücken. Leon schniefte.

„Kann ich hierbleiben? Bei dir?" Hoffnung schwang in seiner Stimme. Doch nein. Nein, ich musste ihn zur Schule schicken. Sonst würde es nie ein Ende nehmen. Und wie sollte er jemals besser werden, wenn er nie im Unterricht war? Ich schüttelte den Kopf und ignorierte den Stich in meinem Herz. Mit der Hand hob ich sein Kinn an und schaute ihm fest in die Augen

„Du hast bereits so oft gefehlt. Und du darfst dich auch nicht verstecken. Wenn Leute sagen, dass du doof bist, dann musst du denen das Gegenteil beweisen." Mein Daumen strich die Tränen von der Wange. „Komm. Ich mache dir Frühstück und dann gehst du hocherhobenen Hauptes in die Schule." Ich sah seine Angst und versuchte sie zu ignorieren. Aufmunternd klopfte ich ihm auf die Schulter und schubste Leon in Richtung Badezimmer. Als er die Tür hinter sich schloss, atmete ich erleichtert durch. Er würde es schon schaffen sich durchzubeißen. Schule war auch für mich oft ein Graus gewesen und hätte ich gekonnt, hätte ich Mathe und Physik dauerhaft geschwänzt. Aber meine Eltern hätten mich dafür grün und blau geschlagen. Beim Frühstück gab ich mich betont fröhlich, doch das war verlorene Liebesmüh. Leon starrte nur mit leerem Blick auf seinen Teller. Auch im Auto ignorierte ich sein Verhalten. Mitleid würde ihm nicht helfen und ihn vielleicht sogar noch in seiner Meinung bestärken, dass er dumm war. Also blickte ich stur auf die Straße. An der roten Ampel wagte ich einen zaghaften Blick. Er umklammerte seinen Rucksack so fest, dass die Knöchel weiß hervorstachen. Ich schluckte und wandte den Blick ab. Zweifel machten sich in mir breit. Wenn ich ihn nun doch zuhause lassen würde? Würde es ihm damit nicht viel besser gehen? Wir hielten vor der Schule

„Viel Spaß, mein Schatz!" Ich winkte durch die Scheibe. Verloren stand er neben dem Auto und starrte zum Schulgebäude. Wieder dieser Stich. Bevor ich es mir noch anders überlegen konnte, legte ich den ersten Gang rein und fuhr los. Im Rückspiegel beobachtete ich, wie Leon langsam in Richtung Eingang ging. Ein großer Busch nahm mir die Sicht und ich seufzte erleichtert auf. Das war der erste Schritt. Jetzt merkte er bestimmt, dass Frau Leifeld ihm nur helfen möchte.

„Ich habe ihn gezwungen, Sven." Meine Stimme ist kaum mehr als ein Flüstern. Ein bitterer Geschmack breitet sich in meinem Mund aus und ich versuche krampfhaft zu schlucken. Doch mein Mund ist staubtrocken.

„Wozu hast du Leon gezwungen?"

Ich starre auf die schemenhaften Umrisse. Mit einem Ruck stehe ich auf, drehe den Wasserhahn auf und spritze mir eiskaltes Wasser ins Gesicht. Wie eine Verdurstende hänge ich mich dann unter den Wasserstrahl und trinke in großen Schlucken. Kalt fließt es mir durch die Kehle. Ich erschaudere.

„Alles in Ordnung mir dir?"

Auch Sven hat sich erhoben. Plötzlich geht das Licht an. Ich blinzle und starre in den Spiegel. Eine fremde Frau schaut mir entgegen. Dunkle Augenringe und zerzauste Haare, ein bitterer Zug um den Mund. Aber das Schlimmste sind die Augen. Dunkel schauen sie mich an, dunkel und voller Schmerz. Nur schwer kann ich mich von diesem Blick lösen und wende mich Sven zu. Auch er ist gezeichnet von den Ereignissen. Ob wir überhaupt noch die sind, die wir mal waren?

„Ich habe Leon gezwungen zur Schule zu gehen. Damals in der zweiten. Ich wusste, dass er Angst hat. Ich habe es ignoriert. Er musste doch in die Schule. Er musste." Meine Stimme bricht. Wortlos schlingt Sven die Arme um mich.

23.

Zwei Jahre vor dem Ende

Er stieg aus dem Auto und näherte sich langsam dem Schulgebäude. Drohend lag es vor ihm. Ein grauer Moloch, dem er nun geopfert wurde. Hinter sich hörte er den Motor des Autos leise brummen. Seine Mutter würde erst fahren, wenn er durch diese Tür gegangen war. Ihm wurde es schlecht. Immer tiefer zog er die Kapuze ins Gesicht, seine Hände verschwanden in den langen Ärmeln. Leon ballte sie zu Fäusten. Hastig schritt er durch die Tür, bog scharf nach links ab und eilte zwischen den Fünft- und Sechstklässlern in Richtung Hinterausgang. Hier kam man zum Sportplatz. Kaum hatte er die Umzäunung hinter sich gelassen, begann Leon zu rennen. Er trabte immer weiter, an Wohnhäusern vorbei, bis zu einem kleinen Bach. Dort schlitterte er über die feinen Kieselsteine und krabbelte unter eine kleine Brücke. Hier war er sicher. Er lehnte den Kopf an den schmalen Betonpfeiler und begann zu weinen. Sieben Stunden. Sieben Stunden musste er nun hier ausharren.

Während er so dasaß und dem Wasser lauschte, wie es über die Steine sprang, verdunkelten sich seine Gedanken. Keiner liebte ihn. Warum sollte man auch? Er war nutzlos. Einfach sterben, hier am Bach. Wäre das nicht schön? Leon schloss die Augen und stellte sich vor, er bräuchte sie nie mehr zu öffnen. Alles wäre friedlich, kein Hass mehr, keine Angst. Unwillkürlich begann er zu lächeln. Das erste Lächeln seit Monaten.

Am nächsten Tag lief es genauso ab, doch er war vorbereitet. Sicher verpackt wartete eine Rasierklinge in seinem Rucksack auf ihn. Unter der Brücke holte er sie vorsichtig hervor. Fasziniert betrachtete er das saubere Metall. Wie in Trance rollte er seinen Ärmel hoch und setzte die Klinge an. Leon spürte keinen Schmerz. Er betrachtete die Blutstropfen, die aus der Wunde traten, doch viel zu schnell war es vorbei, der Schnitt wieder verschlossen. Wieder setzte er die Klinge an. Ein längerer Schnitt. Diesmal war es als würde die Angst aus ihm heraustropfen. Leon entspannte sich. Noch ein Schnitt. Er lebte. Das Leben pulsierte in seinen Adern. Es war ein gutes Gefühl. Und doch da war er wieder. Der Gedanke, dass alles doch viel einfacher wäre, würde er den Schnitt anders setzen. Er hatte recherchiert. Wenn man die Ader richtig erwischte und der Schnitt lang genug war, dann spürte man angeblich keinen Schmerz. Nur Frieden.

Interessiert setzte er die Klinge auf seinen Arm. Es könnte einfach alles hier und jetzt enden. Die Sekunden verstrichen. Plötzlich zuckte er zurück und warf die Klinge von sich. Er rollte sich zusammen, schlang die Arme über seinen Kopf und weinte. Da war sie wieder. Diese scheiß Angst.

Eine Woche war vergangen und noch immer zeigte seine Mutter kein Erbarmen. Leon spürte, wie ihn die Kraft verließ. Mit jedem Tag sah der Tod freundlicher aus. Ein alter Freund, auf den man sich verlassen konnte.

Es war ein Dienstag und Leon wusste, noch einen Tag unter der Brücke würde er nicht aushalten. Heute würde er Schluss machen. Seine Hände zitterten, als er den Ärmel hochrollte. Unzählige Schnitte zierten inzwischen seinen Unterarm, einige hatten sich entzündet und brannten fürchterlich. Er nahm die Klinge aus dem Versteck und setzte sie an. Ein Schnitt, Leon. Nur ein kleiner Schnitt. Unablässig sprach eine Stimme aus der Dunkelheit seiner Gedanken zu ihm. Sie lockte ihn zu sich. Lass einfach los. Er zögerte. Tu es! Der Schrei hatte etwas anderes in ihm geweckt. Leise, fast zögerlich wagte sich eine andere Stimme hervor, sie flehte ihn an, er solle nach Hause gehen. Er könne es dann immer noch tun. Leon klammerte sich an diese Stimme, an diesen letzten Funken Lebenswillen. Klimpernd fiel ihm die Klinge aus den Fingern. Bevor sein anderes Ich wieder die Kontrolle übernehmen konnte, raffte er seinen Rucksack an sich und rannte davon. Erst vor der Haustür kam er zum Stehen. Leon zögerte nicht. Er schellte. Und als seine Mutter ihm öffnete, brach seine harte Fassade in sich zusammen. Entsetzen spiegelte sich auf dem Gesicht seiner Mutter, die ihn zu sich in die Arme zog.

„Ich kann nicht mehr. Bitte. Ich brauche Hilfe. Ich will sterben."

Seine Mutter drückte ihn fester. Als sie ihn losließ, sah er Tränen auf ihren Wangen. Sie versuchte ein Lächeln, das ihre Augen nicht erreichte, dort stand nur Schmerz.

„Sven!" Sie drehte sich im Flur um. „Sven!"

„Ja?" Leons Vater schaute verwirrt von seiner Frau zu seinem Sohn. „Was ist passiert?" Er war alarmiert.

„Nichts. Alles gut." Vera zog ihr Handy hervor. „Könntest du bitte alle meine Kunden für heute absagen? Danke." Sie reichte es Sven, der es unschlüssig entgegennahm.

„Aber – was ist denn los?"

„Ich erkläre es dir später." Sie griff ihre Jacke und den Autoschlüssel. „Wir müssen los." Sie drehte Leon an den Schultern herum und schob ihn zum Auto. Mit quietschenden Reifen fuhr sie los und kurze Zeit später standen sie vor der Praxis von Leons Psychologin.

„Komm." Vera stieg aus und zog Leon in die Praxis.

„Sie haben doch erst in zwei Wochen einen Termin." Die Arzthelferin runzelte die Stirn und starrte auf den Bildschirm. „Heute ist alles voll. Es geht wirklich nicht."

„Hören Sie." Leons Mutter holte tief Luft. „Es ist wirklich dringend."

„Es tut mir leid. Nächste Woche Mittwoch könnte ich Ihnen anbieten."

„Dann ist es vielleicht zu spät!" Vera schlug auf den Tresen.

„Was ist hier los?" Frau Köhler, die Psychologin, stand plötzlich hinter ihnen. „Frau Fechtler, Leon. Ist etwas passiert?" Als sie die Tränen in Veras Augen sah, nickte sie und deutete auf ein Sprechzimmer. „Kommen Sie."

Während der ganzen Zeit blieb Leon stumm und starrte auf seine Schuhe, an denen noch Erde und Schlamm klebte. Irgendwann erhoben sich die Frauen. Frau Köhler hockte sich vor Leon und zwang ihn, sie anzusehen.

„Es wird jetzt alles gut. Ich habe dir eine Einweisung geschrieben. Und weißt du was? Ich bin sehr stolz auf dich. Es braucht viel Mut sich das Leben zu nehmen, aber noch viel mehr, um Hilfe zu bitten." Sie lächelte sanft und Leon spürte, wie es ihn von Innen her wärmte. Konnte wirklich alles wieder gut werden?

Zwei Stunden später hatten sie die Kinder- und Jugendpsychiatrie erreicht. Ängstlich starrte Leon auf das rote Backsteinhaus mit den unzähligen Fenstern, die lidlosen Augen glichen.

„Na komm." Aufmunternd lächelte seine Mutter ihm zu und gemeinsam schritten sie die Einfahrt hoch. Der Kies knirschte leise unter ihren Schuhen. Die Empfangshalle war hell und freundlich. Leon fasste Mut und schaute sich neugierig um. Von der freundlichen Dame am Empfang wurden sie in den zweiten Stock geschickt, dort kam eine fülligere ältere Frau auf sie zugeeilt. Die Haare waren zu einem strengen Knoten gebunden, ihr Blick blieb kritisch an Leon hängen, dann wandte sie sich an Vera.

„Ich kann Ihren Sohn leider nicht aufnehmen. Wir sind völlig überfüllt. Wenn Sie möchten, frage ich in einem anderen Klinikum an."

Vera schaute sie verdutzt an. Es schien, als habe sie sich verhört. „Mein Sohn will sich das Leben nehmen und Sie schicken uns weg?!"

„Laut Akte hast du bisher noch keinen Versuch unternommen, ist das richtig?" Sie blickte Leon kritisch an. Er nickte vorsichtig.

„Dann reicht eine ambulante Therapie aus. Es ist für Kinder auch nicht schön, so lange von den Eltern getrennt zu sein."

„Ja, aber – er braucht Hilfe!"

„Und die bekommt er auch. Er ist doch in psychologischer Behandlung?"

„Soll er sich erst was antun, bevor Sie ihm helfen? Ist das Ihr Ernst?" Zornesröte stieg in Veras Wangen, ihre Finger bohrten sich schmerzhaft in Leons Schulter.

„Wenn Sie unbedingt wollen, kann er in zwei Wochen zu uns kommen. Soll ich ihn vormerken?"

Vera schnaubte wütend auf, drehte sich um und marschierte mit Leon im Schlepptau weg. Kaum saßen sie wieder im Auto, machte Vera ihrem Ärger Luft und fluchte auf die Ignoranz solcher Leute, die man allesamt anzeigen solle. Leon bekam nur wenig von ihren Worten mit. Er baute wieder die Mauer in seinem Innern auf, die ihn vor der Außenwelt schützte. Wie hatte er nur annehmen können, dass alles gut werden würde? Wie konnte er nur so naiv sein. Hätte er doch diesen einen, letzten Schnitt gesetzt, dann hätte er jetzt seine Ruhe gehabt.

24.

Müdigkeit übermannt mich. Ich löse mich aus Svens Umarmung und gehe zum Fenster. Es dämmert bereits. Also muss es gegen sechs Uhr in der Früh sein. Eine Nacht ist vergangen, aber es fühlt sich an wie ein ganzes Leben. Leons Leben. In all den Jahren habe ich nicht so intensiv über meinen Sohn nachgedacht wie in diesen wenigen Stunden. Auch diese Erkenntnis reiht sich brav ein in die Schlange meiner Fehler. Würde sie jemals ein Ende finden? Und bekomme ich überhaupt noch die Chance, wenigstens ein paar wiedergutzumachen?

„Ich mache uns Kaffee, in Ordnung?" Unschlüssig steht Sven in der Tür und schaut scheu zu mir herüber. Ich nicke und lächle ihm zaghaft zu. Er nickt und verschwindet aus dem Badezimmer. Kurze Zeit später höre ich ihn in der Küche werkeln und dann steigt mir Kaffeeduft in die Nase. Ich schließe die Augen und atme tief ein. Kaffee hatte schon immer eine beruhigende Wirkung auf mich. Ein tägliches Ritual, das niemand stören durfte. Ich trete auf den Flur und folge dem Duft in die Küche. Zwei dampfende Tassen stehen auf dem Tisch. Dankbar nehme ich eine und verbrenne mich prompt am ersten Schluck, aber die Wärme tut gut. Neues

Leben strömt in meine tauben Glieder und auch der Nebel in meinem Kopf beginnt sich zu lichten. Ich durchquere die Küche und setze mich im Wohnzimmer auf das alte Sofa. Es war auf den Tag so alt wie Leon. Mit Grauen erinnere ich mich, wie sich die Lieferung um drei Wochen verzögerte und es in dem Moment an der Tür schellte, als die Wehen einsetzten. Sven hatte die Haustürschlüssel dem Lieferanten zugeworfen und war mit mir ins Krankenhaus gebraust. Auch Sven lässt sich neben mir nieder, die Kaffeetasse mit beiden Händen fest umschlossen. Ich beobachte ihn verstohlen. Sein Profil gleicht dem Leons. Das ist mir noch nie aufgefallen. Er bemerkt meinen Blick, seine Miene entspannt sich leicht; dann nickt er Richtung Wand. Dort hängen Fotos von Leon und seine Medaillen. Ordentlich aufgereiht sind sie stumme Zeugen seines Erfolgs beim Baseball. Leider hatte er vor einigen Jahren mit dem Spielen aufgehört. Ohne Erklärung war er nicht mehr hingegangen.

„Leon! Leon! Leon!" Ich brüllte aus Leibeskräften. Nichts konnte mich noch auf meinem Platz halten. Der Schlag war gut und Leon war schnell, der Schnellste im Team. Er rannte von einer Base zur nächsten und ich wusste, er würde den Homerun schaffen. Wieder einmal. Ich riss die Arme hoch und schrie seinen Namen. Einige Eltern schauten sich zu mir um und schüttelten genervt ihre Köpfe. Sie waren ja bloß neidisch. Sie konnten ihre Söhne nicht so bejubeln. Erschöpft sank ich schließlich zurück auf die harte Sitzbank. Sven grinste mich kopfschüttelnd an.

„Morgen hast du keine Stimme mehr."

„Brauche ich auch nicht." Ich grinste zurück.

„Morgen bin ich in der Kaserne. Da ist Smalltalk nicht so angesagt." Mit wenigen Zügen leerte ich meine Flasche und stand wieder auf.

„Stimme ist geölt. Es kann weitergehen." Ich zwinkerte ihm zu und stimmte einen frenetischen Jubel an – wir hatten gewonnen, Leon hatte gewonnen.

Sven und ich kämpften uns gerade durch die Menge in Richtung Spielfeld, als der Trainer zu uns kam. Er grinste von einem Ohr zum anderen.

„Einen tollen Jungen haben Sie da. Wirklich. Aus dem kann was werden. Meinen Sie, er kann auch noch montags zum Training kommen? Ein bisschen zusätzliche Förderung wird ihm guttun." Erwartungsfroh sah er uns an. Unschlüssig schaute ich zu Sven. Würde es Leon nicht zu viel werden?

„Klar. Leon wird begeistert sein. Dann spielt er ja schon mit den Großen." Sven nickte zustimmend.

„Ich wusste, dass Sie das auch so sehen! Na dann, feiern Sie mal in Ruhe weiter." Der Trainer drehte sich um und begann beschwingt *We are the champions* zu pfeifen.

„Meinst du, das war richtig? Wir hätten Leon erstmal fragen müssen."

„Ach Quatsch." Sven griff nach meiner Hand und zog mich weiter durch die Menge. „Du wirst sehen. Leon wird begeistert sein. Wenn man so gut ist, muss man weitermachen. Und wer weiß? Vielleicht wird er ja mal Nationalspieler."

„Ja genau. Vorher wirst du aber noch Superstar."

Er grinste schelmisch. „Warum nicht?"

Ich boxte ihn in die Seite und er wich lachend aus. So rumalbernd erreichten wir schließlich

Leon, der etwas abseitsstand und seine Medaille betrachtete.

„Hey, Junge!" Übermütig schlug ihm Sven auf die Schulter.

„Hey." Leon grinste seinen Vater an. Wie glücklich er war! Sven hatte recht. Hier konnte er zeigen, was in ihm steckt.

Wir fuhren nach Hause und ich ging sofort in die Küche. Heute gab es Leons Lieblingsessen. Summend begann ich Äpfel zu schälen und schon nach kurzer Zeit lagen die ersten duftenden Pfannkuchen mit extra vielen Apfelstücken auf dem Kuchengitter. Ein köstlicher Duft breitete sich in der Küche aus und es dauerte nicht lange, bis Leon den Kopf durch die Tür steckte.

„Hunger?"

„Und wie." Er griff sich direkt zwei Pfannkuchen und bestäubte sie großzügig mit Zimt und Zucker.

„Ein Essen für wahre Sieger." Ich wuschelte ihm durchs Haar, obwohl ich wusste, dass er das nicht mochte. Er sei schließlich kein Baby mehr, aber heute zog er den Kopf nicht weg. Er war eben doch mein kleiner Junge.

„Was meinst du. Ist noch Platz an deinem Medaillenbrett, oder soll ich dir ein neues machen?" Strahlend legte Sven die Medaille auf den Tisch. Er platzte fast vor Stolz. Leon schob sich eine weitere Gabel voll in den Mund und schüttelte den Kopf.

„Ich denke zwei, drei passen noch dran", sagte er schließlich, lachte und hing sich die Trophäe um den Hals. Ich wurde wehmütig. Warum war er nicht immer so? Kinder sollten den ganzen Tag nichts anderes tun als fröhlich zu sein.

„Es steht dir, du solltest öfters lachen." Der Satz rutschte mir einfach so raus. Leon schaute kurz verwirrt hoch, dann lächelte er und schaufelte sich weiter Essen in den Mund. Liebevoll betrachtete ich ihn und begann auch zu essen.

„Er war so glücklich." Wehmütig betrachte ich die Medaillen, die nun in den ersten Strahlen der Sonne, die sich durch die Schlitze der Jalousie zwängen, anfangen zu glänzen.

„Ja, das stimmt." Sven stellt seine leere Tasse auf den Couchtisch und lehnt sich erschöpft zurück. „Damals war alles gut." Er hatte die Augen geschlossen.

Ja, damals war alles gut.

25.

206 Tage vor dem Ende

Die BUS-Klasse bot Leon einen ungeahnten Luxus: Dank des Praktikums brauchte er nur drei Tage die Woche zur Schule. Zwei Tage durfte er ganz offiziell fehlen und diese Zeit genoss er in vollen Zügen.

In der Tischlerei musste er in den ersten Tagen kleinere Übungsprojekte herstellen, um sich mit den Maschinen vertraut zu machen. Es faszinierte Leon, wie mit jedem weiteren Schritt das Objekt mehr Form annahm. Das Holz gehorchte ihm. Instinktiv wusste Leon, wie er welches Holz bearbeiten musste, um es in die gewünschte Gestalt zu bringen. Am Ende des ersten Monats hatte er eine beachtenswerte Sammlung von kleinen Holzobjekten angelegt – von einem einfachen Frühstücksbrettchen bis hin zu einem kleinen Stühlchen mit gedrechselten Beinen.

„Du mauserst dich echt, Leon." Fröhlich zwinkerte ihm Torsten, der Geselle, zu, während er den Stuhl in den Händen drehte. „Die Sachen gehen alle zum nächsten Basar des Kindergartens. Du musst wohl noch ein paar Puppenstühle machen." Er grinste und klopfte Leon anerkennend auf die Schulter, bevor er im Büro des Meisters verschwand. Stolz wandte sich Leon wieder dem Drechsler zu. Ein warmes Gefühl breitete sich in seinem Innern aus und er begann zu lächeln.

174 Tage vor dem Ende

„Leon, komm mal rüber!", rief Torsten und winkte ihn zum Schreibtisch. Behutsam legte Leon die Tischbeine an die Seite und trat zu Torsten.

„Heute darfst du mal zeigen, was du noch so kannst." Torsten legte eine Aufrisszeichnung vor Leon. „Der Kunde möchte in diesem Raum eine Bibliothek haben – mit Sitz- und Arbeitsmöglichkeit. Setz' dich mal hin und zeichne einen Vorschlag."

„Echt?"

„Ja, zeig, was du draufhast." Torsten lächelte ihm ermutigend zu. Ungläubig griff Leon nach dem Blatt und ging zu seinem Tisch.

Eine Bibliothek. Nachdenklich fuhr Leon mit dem Finger über die Zeichnung. Er stockte, schüttelte den Kopf und begann erneut. Eine Stunde verging, bis er einen kompletten Entwurf im Kopf hatte. Erst jetzt griff er zum Stift und begann die Wände mit Regalreihen zu füllen.

Kurz vor Feierabend war er schließlich fertig und eilte zu Torsten.

„Hier." Er legte die Skizze auf den Tisch und hob erwartungsvoll den Blick.

Torsten nickte anerkennend.

„Nicht schlecht. Die Sitzmöglichkeit ist gleichzeitig eine Truhe? Das ist eine gute Idee. An welches Holz hast du gedacht?"

„Naja", Leon nestelte nervös am Saum seines Shirts, „weiß ist ja modern. Dann sollte aber der Boden dunkel sein, finde ich. Kirsche finde ich für eine Bibliothek aber besser – edler. Und eine Leiter würde natürlich alles abrunden."

Wieder nickte Torsten. „Da hast du recht. Morgen ist der Termin mit dem Kunden. Du kommst mit und erläuterst deinen Vorschlag, ja?"

Leon schluckte und starrte ihn entsetzt an.

„Ich möchte eigentlich lieber hierbleiben."
„Unfug." Unwillig schüttelte Torsten den Kopf. „Kundenkontakt ist das A und O in so einem kleinen Betrieb."

78 Tage vor dem Ende
Mit einem leicht mulmigen Gefühl betrat Leon das Büro des Tischlermeisters. Herr Schmied hob den Kopf und lächelte.
„Hallo, Leon. Was gibt's?"
Leon räusperte sich. „Ich möchte gern meine Bewerbung für den Ausbildungsplatz abgeben." Mit zittriger Hand legte er die Mappe auf den Tisch. Nachdenklich betrachtete Herr Schmied ihn, dann schlug er die Bewerbung auf. Ängstlich beobachtete Leon, wie er zum Zeugnis blätterte. Wären da doch nicht diese Fünfen drauf...
Herr Schmied runzelte die Stirn und schaute besorgt vom Zeugnis auf.
„Ich dachte, du wärst ganz gut in Mathe?"
Beschämt schaute Leon auf seine staubigen Arbeitsschuhe und zuckte stumm mit den Achseln.

„Hör mal, Leon. Du bist wirklich handwerklich begabt, keine Frage. Und ich würd' dich auch nehmen, aber…"

„Aber?" Leons Stimme wurde scharf.

Irritiert schaute Herr Schmied ihn an. „Ich kann verstehen, dass du jetzt sauer bist. Aber sieh dich doch um. Es kommen gerade genug Aufträge rein, dass der Laden weiterläuft. Ich kann mir einen Lehrling zurzeit nicht leisten. Es tut mir leid. Ehrlich. Ich kann bei Kollegen nachfragen und ein gutes Wort für dich einlegen, ja?"

„Lassen Sie mal stecken." Wütend trat Leon gegen einen Stuhl, der vor dem Schreibtisch stand. „Ich weiß doch, warum Sie mich nicht nehmen. Für Sie bin ich doch auch nur der Spast, der zu dumm zum Denken ist."

Bekümmert schaute Herr Schmied ihn an und schüttelte nur stumm den Kopf. Leon wirbelte auf dem Absatz herum und schlug die Tür mit solcher Wucht zu, dass die Scheibe klirrte.

„Leon!" Entsetzt starrte Torsten ihn an, doch das interessierte Leon nicht. Wutschnaubend stapfte er aus der Werkstatt. Nie wieder würde er einen Fuß hier reinsetzen. Nie wieder.

26.

Ich betrachte Sven. Er war eingeschlafen, den Kopf auf der Sofalehne, die verhärteten Züge entspannt. Vorsichtig lehne ich mich an seine Seite und hefte den Blick auf die große Wanduhr. Unendlich langsam kriecht der Minutenzeiger voran. 7 Uhr 13 Minuten – was die Polizei wohl gerade macht? 7 Uhr 14 Minuten – hoffentlich geht es Leon gut. Wo er wohl ist? Er kann nicht weit sein. Ich spüre, dass er noch immer in der Nähe ist. 7 Uhr 16 Minuten. Ich ertappe mich dabei, wie mir die Augen zufallen. Ich blinzele heftig und starre weiter auf das Ziffernblatt. 7 Uhr 17 Minuten. Nur kurz, nur kurz die Augen schließen. Eine Minute.

Ich bin in der Küche. Wütend schaue ich auf Leon, der mit gesenktem Kopf auf sein Lesebuch starrt und keinen vernünftigen Satz zustande bringt.

„Max spielt mit Tim Fußball. Sie haben viel Spaß." Wieder bricht er stotternd ab. Was war sein Problem? Ich habe seine Cousine lesen hören. Flüssig ohne Stocken. Und sie war fast ein Jahr jünger als er! Ich schlage mit der flachen Hand auf den Tisch. Frau Leifeld hatte recht. Leon bemühte sich ja noch nicht mal!

„Was ist daran so schwer? Die anderen Kinder können es doch auch. Du bist einfach stinkefaul!" Ich schreie ihn an. Irgendwo in mir flüstert eine Stimme, dass ich überreagiere, aber ich ignoriere sie. Leon beginnt zu weinen. Doch davon lasse ich mich nicht beeindrucken. Wenn er heute Abend ins Bett geht, wird er lesen können.

„Nochmal!"

Er schaut entsetzt. Vermutlich ist er erstaunt, dass seine Masche heute nicht zieht. „Mama, bitte."

Jetzt bettelt er auch noch. Ich höre förmlich die Stimme meiner Mutter, die mir vorwirft, ich würde Leon verweichlichen.

„Du liest mir diese Seite jetzt so lange vor, bis es endlich fehlerfrei ist. Und wenn es die ganze Nacht dauert." Damit wende ich mich ab und widme mich wieder der Buttercreme für Svens Geburtstagstorte. Wieder und wieder bricht Leon Sätze ab oder liest Dinge vor, die dort gar nicht stehen können. Ich Esel? Ein Blick über seine Schulter – nein, ich lese, steht dort. Das ergibt auch Sinn. Irgendwann bekomm Leon einen Schluckauf vom vielen Weinen und ich schicke ihn in sein Zimmer. Morgen würden wir weitermachen. Und übermorgen. Bis er der beste Leser der Klasse ist. Frau Leifeld wird noch Augen machen.

Ich schrecke hoch. Meine Wangen sind nass. 7 Uhr 24 Minuten. Die Erkenntnis: Ich habe Leon zerstört.

27.

Acht Tage vor dem Ende

Bald war es geschafft. In wenigen Wochen würde er endlich sein Abschlusszeugnis in den Händen halten und dann bräuchte er nie wieder auch nur einen Schritt durch diese Tür gehen. Jeden Tag sagte Leon sich das und jeden Tag konnte er einen weiteren Strich auf seiner Liste bis zum Schulabschluss setzen. Es war bereits eine ziemliche Menge an Strichen zusammengekommen und der noch verbleibende Platz schmolz langsam aber stetig dahin. Leon betrachtete den Zettel, den er mit Tesafilm an der Wand neben seinem Bett befestigt hatte, dann schloss er kurz die Augen und stand auf. Nachher kann er den nächsten Strich setzen.

Er zog sich an und griff nachdenklich zu seinem Smartphone. 67 neue Nachrichten. Seitdem er es stumm gestellt hatte, konnte er wenigstens wieder schlafen. Öffnen brauchte er den Chat nicht. Leon wusste auch so, was wieder drinstand. An sich war er stolz auf sich, dass er es tatsächlich schaffte, die Nachrichten zu ignorieren. Vor wenigen Monaten noch hätte er jede einzelne versucht zu lesen, nur um sich dann noch beschissener zu fühlen. Ein letzter Blick auf das Display verriet ihm, dass es kurz vor sieben Uhr war. Leon lauschte. Ja, seine Mutter war jetzt im Badezimmer. Eilig stopfte er das Handy in den Rucksack, schnappte sich eine Banane aus der Küche und machte sich auf den Weg zur Schule – wieder einen Morgen überstanden, ohne den nervigen Blick seiner Mutter ertragen zu müssen.

Irgendwo in der Magengegend bildete sich wieder sein alter Bekannter, der Klumpen, wurde größer und sorgte dafür, dass es ihm

schlecht war, als er die Schule schließlich erreicht hatte. Erst um 14 Uhr würde es ihm
wieder besser gehen. Innerlich stellte er den
Countdown und betrat das Schulgebäude. Er
huschte durch den verwaisten Kunstflur und
gelangte in ein abgelegenes Treppenhaus.
Schüler durften vor dem Schulgong nicht zu
den Klassenräumen in den oberen Stockwer-
ken, aber hier war nie eine Aufsichtsperson
und oben hatte er wenigstens seine Ruhe.
Leon betrat den Flur der Abschlussklassen
und schon von weitem sah er, dass Manuela
vor der Klasse lässig an der Wand lehnte. Was
wollte die denn hier? In der Regel knutschte
sie doch unten vor aller Augen mit dem Arsch
vom Dienst. Und sie hatte wieder fast nichts
an. Der Rock viel zu knapp und auch das Top
bedeckte nur mit Mühe das Allernötigste.
Leon witterte Gefahr. Irgendwas hatte sie
vor. Ein hastiger Blick über die Schulter.
Nein. Er war mit ihr allein im Flur. Warum
musste er auch so früh von zuhause verschwinden? Er näherte sich langsam und be-
äugte sie argwöhnisch.

„Hi, Leon." Manuela reckte sich lasziv und
stieß sich von der Wand ab. Lässig schritt sie

auf Leon zu. Wie hypnotisiert starrte er sie an. Irgendwo schrie etwas in ihm, er solle laufen, so schnell er kann. Nur weg hier. Aber seine Beine wollten nicht gehorchen. Er starrte auf die geschminkten Lippen, die sich zu einem Lächeln verzogen hatten. Kurz bevor sie ihn berührte, blieb sie stehen.

„Es tut mir leid, Leon. Alle sind immer so scheiße zu dir. Wollen wir Freunde sein?"

Nein! Wieder schrie es in ihm. Doch alles, was aus seinem Mund kam, war ein dumpfes: „Warum?"

„Weil ich keinen Bock mehr auf Flo habe. Er ist so arrogant, und –", sie neigte sich weiter vor, die Stimme zu einem verschwörerischen Flüstern gesenkt, „eine echte Niete im Bett."

Leon zwinkerte nervös und benetzte seine trockenen Lippen.

„Warum erzählst du mir das?"

„Ich hab' dich gern, Leon." Ihr Finger glitt über die Knopfleiste seines Hemdes, sie schlug die Augen nieder. „Magst du mich vielleicht auch?"

Nein! Nein, ich hasse dich! Sag es Leon, sag, dass du sie hasst! Leon räusperte sich, doch er brachte kein Wort hervor.

„Nun?" Manuela kicherte mädchenhaft. „Magst du mich nicht küssen?" Mit gespitzten Lippen neigte sie sich weiter vor. Endlich kam wieder Leben in Leon. Grob stieß er sie von sich und eilte in Richtung Klassenzimmer. Gleich müsste es doch endlich schellen.

„Du bist so ein Idiot, Leon Fechtler." Auf ihren hohen Absätzen eilte sie ihm hinterher und hielt ihn an der Schulter fest. „Niemand versetzt mich", zischte sie in den erlösenden Schulgong hinein.

„Doch. Ich." Bestimmt drehte er sich zu ihr um. Dunkelgrüne Augen starrten ihn zornig an.

„Wie du willst." Ihr Mund verzog sich zu einem hämischen Grinsen, dann packte sie seine Hand und drückte sie gegen ihre Brust. Paralysiert starrte Leon sie an. Was ging hier vor? Er versuchte sich ihrem Griff zu entwinden, doch vergebens. Fußgetrappel verriet, dass sich die anderen näherten. Da begriff Leon. Hektisch versuchte er sich zu lösen. Dann überschlugen sich die Ereignisse.

Manuela begann zu schreien: „Du Schwein, Leon! Lass mich los!"

Hinter ihr sah Leon seine Klassenkameraden. Myriam starrte ihn entsetzt an, Yasemin blieb erstarrt stehen und schaute ungläubig auf die Szene, die sich ihr bot. Florian und Kaan trabten wutschnaubend auf ihn zu.

„Du hast mein Baby angepackt? Mein Baby?!" Zornesröte stieg in Florians Wangen. Kaan griff nach Leons Armen und verdrehte sie schmerzhaft auf seinen Rücken. Mit voller Wucht landete Florians Faust in Leons Gesicht, dann in seinen Magen. Immer wieder. Leon keuchte. Endlich ließ Kaan ihn los und er fiel auf die kalten Fliesen. Überall um ihn herum waren Füße. Ein lebendiges Gefängnis, dem er nicht mehr entkommen konnte. Er versuchte sich aufzurichten, doch jemand trat ihm auf seine Hand.

„Upps." Manuela kicherte. Leon blickte zu ihr hoch. Noch nie hatte er so kalte Augen gesehen. So voller Abscheu. Ihre Lippen spitzten sich und Spucke traf ihn im Gesicht. Plötzlich brach in Leon eine Mauer. Wie lange hatte er sie gebaut, um seine Wut zu kontrollieren – jetzt brach sie sich Bahn und überflutete ihn. Mit nur einem heftigen Schlag holte er Manuela von den Füßen. Hart schlug sie neben ihm auf und starrte ihn entsetzt an. Er stürzte sich auf sie. Dumpf drang das Geschrei der anderen an sein Ohr. Doch er spürte nur die Macht. Sie durchströmte ihn wie heiße Lava. Endlich wurde er vom Boden gerissen und eine schallende Ohrfeige ließ seinen Kopf zur Seite schlagen. Es war Herr Schrägert. Zornentbrannt riss er Leon rücklings mit sich. Florian half Manuela vom Boden auf. Die Haare zerzaust schaute sie hinter Leon her, ein blutiges Taschentuch an ihre geplatzte Unterlippe gedrückt. Kaum konnte Leon mit den großen Schritten Herrn Schrägerts mithalten, immer wieder stolperte er, doch Herr Schrägert zog ihn unbekümmert hinter sich her zum Sekretariat.

„Ich muss Frau Kemper sprechen. Sofort." Die Sekretärin blickte von ihm zu Leon und nickte leicht.

„Du bleibst hier sitzen. Hast du mich verstanden?" Herr Schrägert zwang Leon auf die Bank neben dem Zimmer der Direktorin, klopfte und verschwand im Innern. Leon starrte auf den dunklen Teppichboden. Seine linke Gesichtshälfte fing an unangenehm zu tuckern. Vorsichtig berührte er sein Auge und zuckte vor Schmerz zusammen. Er schmeckte den metallischen Geschmack von Blut. Seine Lippe war aufgeplatzt. Wie konnte der Tag nur so aus dem Ruder laufen?

Plötzlich standen ein paar Füße in schwarzen Lederschuhen vor ihm.

„So."

Leon hob langsam den Kopf. Sie gehörten zu Herrn Schrägert. Sein Lehrer grinste ihn an.

„Jetzt bin ich dich endlich los. Das war deine dritte Abmahnung. Heute Nachmittag ist Konferenz und dann kannst du dir deinen Schulverweis abholen."

Was? Leon zwang sich Herrn Schrägert in die Augen zu sehen. Blanker Hass stand darinnen.

„Du schlägst kein Mädchen mehr. Du gehörst eingewiesen. Ruf deine Eltern an. Sorg dafür, dass du hier verschwindest." Damit dreht er sich auf dem Absatz um und verschwand durch die Glastür. Leon starrte ihm nach. In Zeitlupe schloss sich die Tür hinter dem Lehrer und er blieb allein im Vorraum zurück.

„Hier."

In Leons Blickfeld erschien Frau Roth, die Sekretärin. Sie hielt ihm das Telefon hin.

„Ich habe bereits gewählt. Aber du solltest selbst mit ihnen sprechen."

Stumm nahm Leon das Telefon und starrte auf den grünen Hörer. Tränen stiegen ihm in die Augen und das leuchtende Grün verschwamm. Endlich drückte er auf die Taste und hielt sich das Telefon ans Ohr. Das Freizeichen dröhnte in seinem Schädel.

„Vera Fechtler. Hallo?"

Jetzt konnte er die Tränen nicht mehr zurückhalten. Sie tropften von seinem Kinn auf seine zitternde Hand.

„Kommst du bitte? Es ist was passiert." Seine Stimme brach und er drückte hastig auf den roten Knopf, ehe seine Mutter irgendwelche Fragen stellen konnte.

Stumm legte er das Telefon auf die Theke und ging durch die Glastür in den stillen Flur.

28.

Plötzlich steht Ash vor mir. Er winselt. Ich hatte ihn total vergessen, er muss dringend vor die Tür.

„Oh, Ash." Ich kraule seine Ohren. „Bin ich denn wirklich eine so schlechte Mutter?"

Seine braunen Augen schauen mich liebevoll

an. Ich muss unwillkürlich lächeln und stehe vorsichtig auf, um Sven nicht zu wecken.

„Heute darfst du in den Garten. Ausnahmsweise versteht sich." Kaum habe ich die Terassentür geöffnet, ist Ash schon im Garten verschwunden. Das war wohl knapp. Ich lasse die Tür angelehnt und setze mich wieder neben Sven. Dort greife ich nach meinem Lieblingskissen und drücke es fest an mich.

Mein Herz schlug wild. Panik und Angst krochen durch meinen Körper, nahmen ihn vollständig in Besitz. Wo war Leon? Ich hatte mich doch nur kurz umgeschaut. Mit einem letzten Stottern kam das Auto zum Stillstand und spielte wieder seine altbekannte Melodie, bis erneut jemand kam und einen Euro in den gierigen Schlund warf. Gehetzt schaute ich mich um. Der Park war noch ruhig. Ich erblickte ein älteres Paar und eilte zu ihnen. Ob sie einen kleinen Jungen gesehen haben? Vier Jahre alt, mit einer roten Basecap? Bedauernd schüttelte die Dame den Kopf. Ich rannte zurück zu dem Spielauto. Mit zitternden Fingern griff ich nach meinem Handy und rief Sven an. Er blieb ruhig. Ich solle erstmal tief durchatmen. Ich tat wie mir geheißen und ließ den Blick über die Grünanlage schweifen.

„Warst du schon bei den Gänsen?"

„Nein." Ich rannte los. Immer in Richtung des Wasserplätscherns.

„Leon!" Dort stand er. Das T-Shirt durchnässt beugte er sich über den Brunnen und schöpfte Wasser mit der hohlen Hand. Ich ließ das Handy sinken.

„Was machst du hier?" Ich ging in die Hocke. „Du darfst nicht einfach so weglaufen. Mach das nie wieder, hörst du?"

Er schaute mich mit seinen hellen Augen unschuldig an. „Die Vögel haben Durst. Ich gebe ihnen zu trinken." Damit drehte er sich um und trug das Wasser in seinen Händen mit hochkonzentrierter Miene zu den metallenen Figuren.

Ich musste lachen. Mit noch immer zittriger Hand rieb ich mir über die Stirn und holte tief Luft. Was sollte ihm denn schon passieren? Aber vielleicht wäre es nicht schlecht, wenn er jemanden hätte, der auf ihn aufpasst. Heute Abend würde ich nochmal mit Sven über die Idee mit dem Hund sprechen.

Etwas Nasses berührt meinen nackten Arm. Ich zucke zusammen. Ash steht wieder vor mir. Seine Augen blicken traurig und mit einem tiefen Seufzer bettet er seinen großen Kopf auf meinen Schoß. Wie von selbst lege ich meine Hand auf ihn; mein Kopf sackt gegen Svens Schulter. Ich bin so müde.

29.

Sechs Tage vor dem Ende

Entschlossen nähert sich Leon einem älteren Jugendlichem im Stadtpark. Er hatte ihn schon länger beobachtet und Leon war sich sicher, dass der junge Mann Drogen vertickte. Und wer mit Drogen dealte – nun ja, der konnte bestimmt auch andere Sachen besorgen. Leon straffte sich und versuchte Coolness in seine Bewegungen zu legen. Interessiert musterte ihn der Dealer. Schlacksig war er, seine langen Haare hingen ihm strähnig über ein Auge und dennoch wirkte er – sympathisch? Ein Mundwinkel hob sich und eine Augenbraue tat es ihm gleich.

„Na? Was gibt's?"

„Hast du was da?" Leons Stimme zitterte leicht. Er biss sich auf die Zunge und beobachtete, wie das Grinsen seines Gegenübers breiter wurde.

„Ich wusste, du würdest kommen. Irgendwann kommen sie alle, die wochenlang auf dieser Bank da rumlungern."

Leon schluckte schwer. Natürlich war es dem Typen aufgefallen. Der war ja nicht blöd.

„Nun?"

„Och, was du willst. Diese kleinen Schätzchen", er zog eine Tüte mit bunten Pillen hervor, „die sind im Sonderangebot. Nur für dich." Er zwinkerte. „Ansonsten bestellst du und ich liefere am nächsten Tag. Aber kein Crystal. Das Zeug vertick' ich nicht. Dealerehre, verstehst du?"

Leon musterte interessiert die bunten Pillen. So einfach hätte er das Zeug haben können?

„Und? Was willst du? Oder willst du Wurzeln schlagen?"

Leon hob den Blick und fixierte den Jugendlichen.

„Eine Walther oder eine andere KK-Waffe."

Nun hoben sich beide Augenbrauen und der junge Mann trat einen Schritt zurück.

„Das ist illegal. Damit will ich nichts zu tun haben."

Leon lachte schnaubend auf.

„Klar. Drogen sind ja auch total legal."

„Verschwinde! Oder ich hole meine Kumpel."

„Tausend Euro. Morgen in bar. Und alles andere lass' meine Sorge sein."

Der Dealer schluckte. Leon konnte sehen, wie es hinter dem strähnigen Haar anfing zu arbeiten und er sah, wie eine Entscheidung getroffen wurde. Die Augen zu Schlitzen verengt, starrte er auf Leon.

„Übermorgen." Damit drehte er sich abrupt um und ließ Leon stehen. Der atmete tief durch. So schwer war es gar nicht gewesen.

Vier Tage vor dem Ende

Immer wieder tastete Leon nach seiner Brusttasche. Die tausend Euro abzuholen, war ein Klacks gewesen. Das Sparbuch für seine Ausbildung lief auf seinen Namen und in der Bank hatte niemand komische Fragen gestellt. Seine ganze Lügengeschichte, dass er das Geld für seinen Führerschein bräuchte, war überflüssig gewesen. Aber umso besser.

Je näher er dem Park kam, desto nervöser wurde er. Seine Hände wurden nass und er spürte wie sein Herz gegen seinen Brustkorb pochte. Hoffentlich kam der Typ. Es war ein Risiko. Aber er hatte die Gefahr einkalkuliert. Sollte er überfallen und niedergestochen werden, hätte sein Leben eben so ein Ende gefunden. Auch in Ordnung. Leise knirschte der Kies unter seinen Sohlen, dann bog er scharf ab und entdeckte schon von Weitem den Dealer. Er steckte gerade einem jungen Mädchen eine kleine Tüte zu, das daraufhin hastig davoneilte.

Leon trat näher. Der Dealer hörte seine Schritte und hob den Kopf, sein Blick verdüsterte sich.

„Bist du echt gekommen." Er schüttelte den Kopf. „Was auch immer du vorhast – halt mich aus dem Scheiß raus."

„Hast du die Knarre?"

„Komm." Er wandte sich ab und ging auf eine niedrige Mauer zu, dann wandte er sich um. „Wo ist die Kohle? Zeig her!"

Mühsam zog Leon das dicke Bündel aus seiner Brusttasche und hielt es dem Mann hin. Als der die Hand danach austreckte, zog er es rasch zurück.

„Wo ist die Waffe?"

Der Dealer grinste. „Dumm biste nicht, was?" Er bückte sich und zog einen Stein aus der Mauer hervor. Dann hielt er Leon eine schmale Pistole vor die Nase.

„Woher weiß ich, dass sie funktioniert?"

„Woher weiß ich, dass du mir kein Falschgeld andrehst?" Lässig lehnte er sich gegen die niedrige Mauer. „Vertrauen gegen Vertrauen."

Ruckartig schoss Leons Hand nach vorne. Bedächtig nickend nahm der Dealer die Geldscheine entgegen, reichte Leon die Waffe und blätterte durch das Bündel.

„Es war mir eine Freude, Geschäfte mit dir zu machen." Er nickte entspannt und wandte sich zum Gehen.

Leon betrachtete fasziniert die Waffe in seinen Händen. Sie war schwerer, als er gedacht hätte, lag aber trotzdem gut in der Hand. Damit würde er nun für immer in Erinnerung bleiben. Plötzlich stockte er.

„Hey! Soll ich mit Luft schießen, oder was?"

Breit grinsend drehte sich der junge Mann wieder um. „Ich dachte schon, du fragst nie." Er griff in seine Hosentasche und zog ein kleines Päckchen hervor. „50 Schuss. Die gehen aufs Haus." Er warf die Packung zu Leon und verschwand um die nächste Ecke.

Leon blickte sich im dämmrigen Park um. Es war alles ruhig. Er nahm eine Kugel aus der Packung und schob sie ins Magazin. Kritisch betrachtete er die Bäume. Einer Eingebung folgend nahm er eine junge Buche ins Visier, spannte den Hahn, atmete aus und drückte ab. Der Knall war ohrenbetäubend. Leon duckte sich weg und harrte kauernd neben der Mauer aus. Es blieb alles still. Er stopfte die Waffe und die Munition in die Innentasche seiner Bomberjacke und stand auf. Suchend tastete er über die Rinde des Baumes. Dort war es. Eine kreisrunde Wunde, die er in den Baum geschlagen hatte. Die nächste würde den Schädel von Herrn Schrägert zieren und damit wäre die Welt endlich von diesem selbstgefälligen Grinsen befreit. Man sollte ihm dankbar sein.

30.

Das Ende

Ganz ruhig lag die Schule da. Nach dem Schulgong war das Lärmen auf dem Schulhof rasch verstummt. Leons Hand lag auf dem

Metall der Waffe. Kalt brannte das Eisen auf seiner Haut. Er umschloss es fester, genoss den Druck bis hin zum Schmerz, erst dann entspannte er seine Hand wieder. Langsam, fast schon mechanisch lief er zum Haupteingang. Zum ersten Mal bereitete es ihm keine Magenschmerzen durch diese Tür gehen zu müssen. Mit jedem Schritt wurde er sicherer, ruhiger. Er stieg die Treppe hoch und ging auf die blaue Tür seines ehemaligen Klassenzimmers zu. Die Stimme von Herrn Schrägert drang zu ihm. Er lachte wieder über einen seiner Witze, die nur er komisch fand, die Klasse stimmte in das Lachen ein. Heuchler, dachte Leon und griff nach der Türklinke. Die Sekunden zogen sich in die Länge, noch immer stand Leon vor der Tür. Festgewurzelt. Er könnte noch zurück. Er könnte gehen, sein Leben leben. Aber was war das für ein Leben? Der ewige Loser. Hinter seinen Augen fiel eine Klappe, sein Blick wurde kalt, sein Rücken straffte sich. Mit einem Ruck riss er die Tür auf. Herr Schrägert starrte ihn überrascht an, dann wurde er wütend. Wie immer.

„Was willst du hier? Du hast hier nichts mehr verloren, Leon. Verlass sofort diesen Raum!"

Drohend baute er sich vor Leon auf. Doch diesmal wich er nicht zurück, ging sogar noch einen Schritt auf ihn zu. Nervös begann Herr Schrägerts Auge zu zucken. Zum ersten Mal wehrte sich Leon und sofort brach der Lehrer ein. Leon grinste verächtlich.

„Was willst du?" Noch immer zuckte das Auge unwillkürlich.

Ohne ein Wort zog Leon die Waffe aus seiner Jacke. Das Blut rauschte in seinen Ohren und dämpfte die Schreie seiner Klassenkameraden.

„Ruhe!" Leon schaute in die Runde. Angstgeweitete Augenpaare starrten ihn an. Schließlich stand Manuela auf. Ausgerechnet sie.

„Leon, bitte", ihre Stimme zitterte. „Ich nehm' alles zurück, bitte. Mach keinen Fehler."

„Fehler?" Er schaute sie kalt an. „Ich dachte, ihr findet es klasse, meine Fehler? Besonders die an der Tafel. Und Sie", er blickte Herrn Schrägert direkt in die Augen, „Sie fanden es immer ganz besonders lustig."

Sein Lehrer war bis zum Fenster zurückgewichen. Wie ein Kaninchen vor der Schlange starrte er Leon an. Unfähig ein Wort zu sagen.

Leon hob die Waffe und richtete sie direkt auf Herrn Schrägerts Kopf. So wie er es sich immer ausgemalt hatte. Stumm bewegte sein Lehrer den Kopf nach links und rechts, die Augen schreckgeweitet auf Leon gerichtet.

Leons Finger zuckte. Der Knall war ohrenbetäubend. Ein kreisrundes Loch war plötzlich auf der Stirn des Lehrers erschienen. Er sackte gegen das Fenster, sein hämischer Blick endlich gebrochen. Als er vornüberfiel, kam wieder Leben in Leon. Ferngesteuert wandte er sich zur Klasse. Die Mädchen hatten die Hände vors Gesicht geschlagen, Tränen rannen über ihre Wangen. Manuela stand noch immer. Mit weißen Knöcheln umklammerte sie die Tischplatte.

Wieder hob Leon die Waffe. Sie zuckte nicht. Sie wusste, was nun geschehen würde. Sie würde bezahlen. Für alles. Diesmal war der Knall leiser. Als sich die Blutlache um Manuelas Körper ausbreitete, erklang der Gong zur Durchsage.

„Amoklauf. Ich wiederhole. Amoklauf. Schließen Sie sich ein. Dies ist keine Übung."

Ein irres Lachen brach sich Bahn, quoll aus seinem Mund und füllte den Raum. Es dauerte einen Moment bis Leon begriff, dass es sein Lachen war, das Lachen eines Wahnsinnigen. Seine ehemaligen Klassenkameraden wichen weiter zurück, bis sie schließlich alle aufgereiht mit dem Rücken zur Wand standen. Blankes Entsetzen stand in ihren Gesichtern und Angst – pur und nackt. Und dort war auch Florian. Oh, wie sehr hatte er sich nach diesem Moment gesehnt. Florians Angst wirkte wie eine Droge auf Leon. Kurz schloss er die Augen, trunken vor Macht ließ Leon dieses unglaubliche Gefühl durch seine Adern strömen. Er öffnete die Augen und grinste in die Runde. Sein Blick glitt über seine ehemaligen Klassenkameraden. Kurz blieb er an Mark hängen, dann an Yasemin, sie schaute ihn traurig an. Leon blinzelte. Sie hatte keine Angst. Wieso nicht? Er riss seinen Blick los und wandte sich an Florian.

„Jetzt bist du nicht mehr so ein toller Hecht, was?" Leon trat näher. Die Schüler wichen zur Seite, nur Florian blieb wie angewurzelt stehen.

„Weißt du, wie oft ich mir diese Situation ausgemalt habe?" Leon grinste schief und rammte Florian die Mündung in den Mund. Blut rann ihm über das Kinn. Wieder Entsetzensschreie. Er konnte die Angst riechen. Der ganze Raum war voll davon. Dann drückte er ab. Diesmal folgten keine Schreie. Die Stille nach dem Knall war dicht wie eine Nebelwand. Er trat zurück in die Mitte des Raumes. Yasemin schaute ihn noch immer an. Die Traurigkeit in ihrem Blick raubte Leon den Atem. Er wollte lachen, doch plötzlich verließ ihn die Kraft in seinem Arm. Die Waffe begann zu zittern und er spürte wie ihr Gewicht sie unerbittlich nach unten zog. Noch immer stand sein Mund offen, doch es drang kein Laut heraus.

All der Hass, die Wut, seine treuen Weggefährten über die letzten Jahre, wo waren sie geblieben? Einsam stand Leon im Raum, zu seinen Füßen der See von Manuelas Blut. Er starrte auf das dunkler werdende Rot. Sein verzerrtes Spiegelbild blickte ihn an. Leon wandte sich ab. Mechanisch öffnete er die Tür und trat hinaus auf den Flur. Ohne Hast ging er in Richtung Aula und bog um eine

Ecke. Wie aus dem Nichts stand ein Sechst-klässler vor ihm, starrte ihn mit schreckgewei-teten Augen an und begann zu schreien. Laut und monoton hallte der Schrei von den Wän-den wider. Leon presste sich die Hände auf die Ohren, doch der Schrei bohrte sich immer tiefer in sein Gehirn, trieb ihn zur Weißglut. Er soll still sein, warum war er nicht einfach still?

Es knallte. Dann war es ruhig.

Mit versteinerter Miene ging Leon um den leblosen Körper herum. Dann floss Leben zurück in seinen Körper und er begann zu rennen. Immer weiter hetzte er die Flure ent-lang in Richtung des kleinen Ausgangs, der Weg zum Sportplatz.

„Bleib stehen!"

Leon prallte zurück. Vor ihm stand der Haus-meister Herr Gerling, breitbeinig, sein Blick undurchdringlich. Wie oft hatte er ihm gehol-fen? Ihm heißen Kakao gemacht, wenn er ihn wieder einmal in einer dunklen Ecke aufge-spürt hatte? Zig Male, ohne Fragen, ohne Vorwürfe.

„Es hat keinen Sinn mehr. Die Polizei ist da, Leon."

Polizei. Alarmglocken begannen in Leon zu schrillen. Er war noch hier. Er war noch am Leben. Das war nicht der Plan. Er musste weiter.

Wie in Trance hob er die Waffe und drückte ab. Wie leicht es plötzlich ging. Der entsetzte Ausdruck auf Herrn Gerlings Gesicht brannte sich auf seine Netzhaut, halb blind stolperte Leon weiter. Vorbei an dem toten Körper und durch die Tür auf den Schulhof. Sirenengeheul durchschnitt die Stille auf dem Gelände, doch die Polizei war noch nicht hier hinten angekommen. Querfeldein rannte Leon durch das Gebüsch und immer weiter, bis er endlich die steinerne Brücke über dem schmalen Bach erreichte. Er kroch in sein Versteck und zog die Beine an. Neben ihm im Kies lag die Waffe, die restliche Munition spürte er in seiner Hosentasche. Sie war für ihn gedacht.

Sieben Stunden danach

„Ich wusste, dass du hier bist."

Leons Kopf schoss in die Höhe, ein schmerzhaftes Ziehen im Nacken verriet seine

144

Anspannung. Es dämmerte bereits. Wie viel Zeit war vergangen? Wo war die Polizei?

Yasemin hockte vor ihm. Ohne Scheu waren ihre dunklen Augen auf ihn gerichtet.

„Du hast dich oft hier versteckt und die Schule geschwänzt. Besonders als du nicht nach Hause durftest."

Wieso wusste sie das?

„Was tust du hier?" Reflexartig griff Leon nach seiner Waffe. Ihre Kälte brannte auf seiner Haut. Erneut begegnete er ihrem Blick und er ließ beschämt die Waffe zurück auf den Boden gleiten. „Ich bin ein Mörder." Er schluckte hart. Das Wort hatte ein unangenehmes Brennen hinterlassen.

Yasemin schaute ihn einfach nur stumm an. Ihre Miene war unergründlich. Weder Hass noch Furcht oder Mitleid spiegelten sich in ihr.

„Hast du keine Angst? Verschwinde einfach!" Erneut griff Leon nach der Waffe, doch sie zuckte nicht einmal.

„Du tötest mich nicht." Ein schlichter Satz, doch seine Wahrheit traf Leon hart. Er blinzelte.

„Warum nicht?"

„Weil du kein Mörder bist. Man hat dich zu einem gemacht. Und du warst nicht stark genug, es zu verhindern. Mensch Leon, siehst du nicht, dass Manu, Herr Schrägert und alle anderen gewonnen haben?"

„Sie sind tot." Leblos drangen die Worte aus Leons Mund.

„Tot und doch Sieger." Zum ersten Mal blitzte sowas wie Traurigkeit in ihrem Gesicht auf. „Wenn du dich jetzt tötest, Leon, haben sie endgültig gewonnen."

Ganz langsam drangen Yasemins Worte tiefer in sein Bewusstsein und ein Teil von ihm (war dieser Teil nicht schon vor langer Zeit gestorben?), dieser Teil erkannte, dass sie recht hatte. „Was soll ich tun?" Er zog eine Patrone aus der Tasche und drehte sie zwischen den Fingern.

„Nimm die Kugel, erschieß dich. Ich sage der Polizei wo sie dich finden. Oder", sie fixierte ihn, „stell dich dem Leben und der Polizei. Ich gebe dir zwei Stunden Zeit." Ihr Blick glitt zu ihrer Armbanduhr. „Also bis kurz vor zehn. Entscheide dich." Sie erhob sich und trat unter der Brücke hervor, dann bückte sie sich noch einmal und schaute ihn traurig an.

„Ich habe dich immer beneidet, weißt du? Du hast eine Mutter und einen Vater, ich nicht." Sie lächelte bedrückt. „Meine Großeltern sind toll, aber ich hätte gerne eine richtige Familie. Und ich glaube, in deinem blinden Hass hast du übersehen, wie sehr einige von uns dieses ständige Mobbing gehasst haben. Wir waren zu feige, um dir zu helfen. Und das macht uns keinen Deut besser als die. Das tut mir furchtbar leid. Aber hättest du uns angesprochen — wer weiß? Wir hätten Freunde sein können." Damit drehte sie sich um und verschwand aus Leons Blickfeld. Fassungslos starrte er auf den Punkt, wo eben noch ihr Gesicht gewesen war. Hatte sie „Freunde" gesagt? Erinnerungsfetzen rauschten an ihm vorbei und plötzlich sah er etwas. In der gesichtslosen Menge tauchten Gesichter auf, einzelne Klassenkameraden, die nicht lachten, die die Augen niederschlugen oder ihm mitleidig zulächelten, ein zaghafter Schulterklopfer nach einer furchtbaren Stunde mit Herrn Schrägert, eine Hand, die ihm vom Boden aufhalf und ihm ein Taschentuch für seine blutige Nase reichte.

Wann war er so blind geworden? Wann hatte er all dies verdrängt? Aber die anderen hätten doch auch für ihn eintreten können! Warum ist nie einer dazwischen gegangen? Wütend schlug er auf den Kies. Sein ganzer Auftritt heute – so sinnlos, so falsch. Doch nun? Es war doch schon längst zu spät für ihn.

Mit einem leisen Klicken rastete das Magazin wieder ein.

30.

Mit einem Ruck fahre ich auf. Hart schlägt mein Herz gegen die Rippen und das Blut rauscht in meinen Ohren. Was war passiert? Ich liege halb auf der Couch und versuche meine Gedanken zu ordnen. Irgendwann war ich wohl vor Erschöpfung eingeschlafen. Mein Blick huscht zur großen Wanduhr über dem Kamin. Es ist acht Uhr morgens. Plötzlich höre ich Stimmen – Sven spricht mit welchen im Flur. Ich stehe so schnell auf, dass ich beinahe über die Decke stolpere, die sich um meine Füße schlingt, als wolle sie mich aufhalten. Endlich im Türrahmen angekommen, pralle ich zurück. Polizisten stehen im Flur. Es war also vorbei. Alles war vorbei.

„Vera?" Sven kommt näher und umfasst meine Schulter. „Hab' keine Angst. Leon ist nicht tot."

„Nicht?" Ich suche in den Augen der beiden Polizisten nach der Wahrheit, doch ich finde sie nicht.

„Frau Fechtler, vielleicht sollten wir uns setzen?" Die jüngere Polizistin zeigt die Andeutung eines Lächelns und ich nicke. Zusammen gehen wir in die Küche, die Polizisten setzen sich uns gegenüber an den Tisch und schauen sich ernst an. Dann ergreift der Ältere das Wort.

„Wie wir bereits Ihrem Mann sagten, haben wir Ihren Sohn noch nicht gefunden. Wir haben einen Hinweis von einer Klassenkameradin erhalten, dass er sich unter einer kleinen Brücke versteckt halte. Doch als wir ankamen, war Ihr Sohn bereits weg. Es besteht die dringende Annahme, dass er sich umbringen will. Können Sie sich vorstellen, wo er sich versteckt haben könnte? Bekannte? Freunde?"

„Freunde?" Sarkastisch lache ich auf. „Er wurde von allen gehasst. Was meinen Sie, warum er so etwas getan hat?!" Svens Hand legt sich beschwichtigend auf mein Knie und ich zwinge mich durchzuatmen.

„Wir verstehen Ihre Aufregung, Frau Fechtler. Aber wir müssen Ihren Sohn finden."

„Ich weiß aber nicht wo." Mein Blick schweift in die Ferne. Leons einziger Schutzort war doch hier gewesen. Svens Hand zuckt auf meinem Bein und ich schaue fragend zu ihm. Sein Blick ist glasig.

„Sven?" Er blinzelt und seine Miene wird ernst.

„Der Wald direkt am Stadtrand. Von der Schule läuft man höchstens eine Stunde bis dorthin. Weißt du noch die Räuberhöhle? Mit der Feuerstelle?"

„Ja, natürlich!" Ich springe auf. „Wir müssen zum Finkenforst."

Die Polizisten wechseln einen kurzen Blick, kaum merklich schüttelt der ältere den Kopf.

„Wir waren bereits im Wald. Er ist dort nicht."

„Doch, doch, ganz sicher. Die Räuberhöhle haben wir gefunden, da war er noch nicht in der Schule. Wir sind durch den Wald gekraxelt und plötzlich war sie da. Die findet man nicht, wenn man auf den Wegen bleibt. Oder waren Sie mit einer Hundestaffel dort?"

„Nein, waren wir nicht." Die Polizistin erhebt sich und stößt ihren Kollegen an. „Es ist ein Versuch wert. Aber Sie bleiben hier."

„Kommt überhaupt nicht in Frage." Ich haste zur Garderobe und schnappe meine Jacke. „Ohne uns finden Sie den Ort niemals und vielleicht kann ich mit Leon reden." Bittend schaue ich von einem zum anderen. Der Polizist mustert mich skeptisch, dann zuckt er mit den Schultern und geht zur Haustür.

„Was ist mit denen da draußen?" Mein Kopf ruckt in Richtung Einfahrt.

„Wir haben Ihr Grundstück abgesperrt. Machen Sie sich keine Sorgen." Mitfühlend schaut mir die Polizistin in die Augen. „In zwei Wochen ist das Ganze vorbei, dann gibt es was Neues. Ist immer so. Und falls Sie bedroht werden sollten, werden wir Ihr Haus überwachen. Versprochen."

Ich nicke leicht und folge ihr hinaus. Hinter mir schließt Sven die Haustür ab, er hat Ash an der Leine.

„Der Hund bleibt hier." Der Polizist gestikuliert in Richtung Haus, doch Sven kommt unbeeindruckt zu uns.

„Es ist Leons bester Freund. Wenn jemand ein weiteres Unglück verhindern kann, dann er." Und damit steigt er mit dem Labrador in unser Auto. Ich öffne die Beifahrertür und steige ebenfalls ein. Nur mühsam kann ich das Klicken der Fotoapparate ausblenden Was will die Presse nur von uns?

„Wir fahren auf den großen Parkplatz. Sie unternehmen nichts, ohne uns." Damit steigen auch die Polizisten in ihren Dienstwagen und rollen auf die Straße.

31.

Neun Stunden danach

Die Zeiger seiner Uhr leuchteten im Dunkeln, es war kurz vor 22 Uhr. Wenn Yasemin ihr Wort hielt, dann war sie jetzt auf dem Weg zur Polizei. Einfach warten – warten und ins Gefängnis gehen. Entmutigt ließ Leon den Kopf gegen die steinerne Wand der Brücke sinken. So oder so, sein Leben war komplett zerstört, und das Schlimmste: Nachdem die Wut verpufft und Yasemin mit ihm geredet hatte, kroch die unerbittliche Wahrheit durch seinen Körper. Sie lähmte ihn und wieder war er der Versager. Immer hatte er versagt und jetzt? Jetzt war er auch noch selbst schuld an der Misere. Wieder huschte sein Blick zur Uhr. Zeit – er brauchte noch Zeit zum Nachdenken. Langsam kroch er unter der Brücke hervor, griff die Waffe und verstaute sie sorgfältig unter der dicken Jacke, dann wandte er sich nach rechts. Weg von der Stadt. Das hatte oberste Priorität. Leon huschte durch die Dunkelheit. Ein Schatten auf der Jagd nach Schatten, immer weiter, ohne Ziel. Es war 23 Uhr als er endlich stehen blieb. Seine Gedanken kreisten und suchten nach einem Versteck, aber sein Kopf blieb leer. Die Dunkelheit der Nacht war in ihn eingedrungen und ohne Licht konnte er keine Lösung finden. Die Angst entdeckt zu werden trieb Leon weiter und endlich hatte er die letzten Häuser hinter sich gelassen. Vor ihm breitete sich ein weites Feld aus und immer noch war er ohne Schutz. Am Himmel erschien die Sichel des Mondes – es sieht ja fast aus wie ein Lächeln, dachte Leon und starrte wehmütig in das silberne Licht. Das Bild einer kleinen

Höhle schob sich in seine Gedanken und trieb langsam an die Oberfläche des dunklen Erinnerungssees. Er straffte sich und eilte über das Feld. Jetzt wusste er, wohin er gehen konnte, ohne sofort gefunden zu werden.

Eine halbe Stunde später hatte er endlich den Finkenforst erreicht. Gott, was war es lange her, dass er hier mit seinen Eltern war. Leon verließ sich nun völlig auf seinen Instinkt, nach wenigen Metern auf dem Waldweg schlug er sich ins Gebüsch und kletterte die Anhöhe hinauf. Immer weiter trieb es ihn in den dunklen Wald, bis er endlich eine kleine Lichtung erreichte. Der Mond schien nicht hell, aber es reichte, um die große alte Eiche ausfindig zu machen. Mit seinen Eltern hatte er sie damals gerade noch umarmen können, jetzt würden sich ihre Hände wohl nicht mehr berühren können. Ein leichter Wind kam auf und ließ die Eiche leise wispern. Ob sie wohl spürte, dass ein Mörder an ihren Wurzeln stand? Seine Hand legte sich auf die raue Rinde und seine Finger folgten den Spuren, die Wind, Regen und vielleicht auch der Krieg vor so vielen Jahren geschlagen hatten. Für diesen Baum waren seine Probleme so klein und unbedeutend – das Blut an seinen Händen nicht mehr als eine kurze Irritation. Schade, dass sie ihm keinen Rat geben konnte, so ein weiser Baum hätte ihm bestimmt sagen können, wie er aus dieser Sackgasse wieder rauskommen könnte. Leon schüttelte leicht den Kopf über diese romantischen Gedanken, tätschelte noch einmal die Rinde wie zum Abschied und rannte wieder in den Wald. Nicht weit hinter dieser uralten Eiche war die Höhle gewesen. Es konnte nicht mehr lange dauern... Auf einmal rutschte Leons Fuß ab und er rollte durch Farn, bis er schließlich auf einer ebenen Fläche aufkam. Seine Hände brannten, vermutlich waren sie aufgeschürft. Aber gebrochen schien nichts zu sein. Er rappelte sich auf und fasste automatisch nach dem Griff der Waffe. Sie war noch da. Dann war es ja gut.

Im schwachen Schein des Mondes schaute er sich um. Ja, hier war sie, die Räuberhöhle. Sie bohrte sich nur knapp zwei Meter in den Hügel und wurde von Wurzelwerk abgestützt. Als Versteck für die Nacht war es genau richtig. Auf allen Vieren kroch Leon hinein und tastete blind über den Boden. Trockenes

Laub lag hier, sonst war die Höhle leer. Vermutlich gab es nicht viele Leute, die überhaupt von ihr wussten. Er schob das Laub zusammen und rollte sich darauf zusammen. Die Zeiger der Uhr zeigten auf kurz nach Mitternacht. In wenigen Stunden musste er eine Lösung haben. Er zog die Waffe aus der Jacke und legte sie vor sich ab. Wieder war das Metall so kalt, dass es seine Hand zu verbrennen drohte. Seine Finger schlossen sich fester um den Griff und heiße Tränen sammelten sich in seinen Augenwinkeln, bevor sie leise auf das Laub tropften. Leon schloss die Augen und begann zu summen, so wie es seine Mutter immer getan hatte, wenn er damals nicht einschlafen konnte.

32.

Neunzehn Stunden danach

Ich starre auf die Straße. Häuserfronten ziehen an uns vorüber, der morgendliche Verkehr ist bereits am Abklingen. Mein Kopf lehnt an der Kopfstütze, zu müde um ihn in Position zu halten, nimmt er jede kleine Unebenheit im Asphalt auf und führt ein unruhiges Eigenleben. Mein Blick gleitet zu Sven, er starrt reglos auf die Straße vor ihm, seine Handknöchel treten weiß hervor. Die Spannung im Auto ist greifbar und auch Ash spürt, dass etwas grundlegend falsch ist. Ich höre, wie er im Kofferraum winselt – etwas, das er nie zuvor getan hat. Ganz im Gegenteil, Autofahren war sein liebstes Hobby, bedeutete es doch in der Regel Abenteuer, neue Gerüche und wenn man etwas Glück hat auch neue Freunde. Die Räuberhöhle hatte er damals entdeckt. Plötzlich war Ash im Wald verschwunden und wie vom Erdboden verschluckt gewesen. Es waren furchtbare Minuten der Angst, die sie und Leon da ausgestanden hatten.

„Ash! Ash! Komm zurück! Ash!" Tränen rannen über Leons Wangen, während er Hals über Kopf im Unterholz verschwand.

„Leon!" Sven und ich hechteten ihm hinterher. Schlimm genug, dass Ash sich losgerissen hatte, wenn jetzt auch noch Leon etwas zustieß… Mit seinen langen Beinen sprang Sven über die niedrigen Büsche, die mir die Beine zerkratzten. Warum hatte ich auch eine kurze Hose angezogen? Mühsam rannte ich weiter und erblickte endlich Sven, der die Arme um Leon geschlungen hatte und ihn so am Weiterlaufen hinderte. Leon wehrte sich nach Leibeskräften.

„Ich will zu Ash!" Er schlug nach seinem Vater, doch der blieb unbeeindruckt.

„Wenn du so schreist, wird er nicht wiederkommen. Jetzt bleib ruhig und wir gehen zusammen weiter." Damit hob er Leon hoch und setzte ihn auf seine Schultern. „Alles klar da oben?"

„Hmhm." Leon schniefte und rieb sich mit dem Ärmel über das Gesicht. Dunkle Flecken von Erde blieben auf seinen Wangen zurück. Zusammen mit den Tränenspuren wirkte es wie eine Kriegsbemalung.

„Alles wird gut, mein Schatz. Versprochen." Ich lächelte aufmunternd zu ihm hoch, dann gingen wir tiefer in den Wald. Ab und an blieben wir stehen und riefen nach Ash, schüttelten den Beutel mit den Leckerlis und machten schnalzende Locklaute, aber es rührte sich nichts. Wir liefen bereits eine halbe Stunde und Sorgen breiteten sich in mir aus. Was sollten wir bloß tun, wenn Ash tatsächlich fort war? Vor uns lichteten sich die Bäume und wir traten auf eine kleine Lichtung. Eine imposante Eiche stand vor uns. Fasziniert legte ich den Kopf in den Nacken und schaute hoch zur Baumkrone. Dieser Baum war garantiert über hundert Jahre alt. Mechanisch raschelte ich wieder mit dem Beutel. Die Hoffnung Ash noch zu finden, war verschwindend gering.

Plötzlich knackten Zweige. Mit freudigem Gebell sprang Ash auf uns zu.

„Ash!" Leon fiel fast von Svens Schultern. Wieder rannen ihm Tränen über die Wangen. Glückselig vergrub er sein Gesicht in dem dichten Nackenfell. „Mein Ash, mein lieber Ash."

Ich schaute erleichtert zu Sven. Der nickte mir zu und lächelte leicht, dann beugte er sich rasch vor und befestigte wieder die Leine am Halsband. In Zukunft würde ich dreimal kontrollieren, ob der Karabiner auch richtig eingerastet ist. Ich ging zu der Eiche und berührte die Rinde. Hinter dieser harten Schale pulsierte das Leben. Was sie wohl schon alles erlebt hatte? Sven griff nach meiner Hand und stellte sich auch neben den Baum.

„Leon, komm mal her", rief er und winkte ihn zu sich. Eng an Ash geschmiegt, kam Leon zu uns und sah fragend von uns zum Baum.

„Wenn man einen Baum umarmt, gibt das Kraft. Das ist jetzt unsere Eiche. Komm." Sven griff nach Leons Hand und wir stellten uns im Kreis um den Stamm auf. Von meiner Position konnte ich Leon nicht sehen, so glitt meine Hand suchend über die Rinde, bis ich seine kleine Hand in der meinen fühlte. Ich legte das Ohr an den Baum und genoss die Nähe zu meiner Familie und zur Natur. Es war, als würde die Zeit stillstehen.

Mit einem leisen Wuff holte uns Ash aus dieser Trance zurück, ich trat zu ihm und drückte ihn fest an mich. Freudig leckte er mir durchs Gesicht.

„Ihhh, Ash. Hör auf." Mit dem T-Shirt wischte ich mir über das Gesicht.

„Dann lasst uns mal zurück gehen." Leon und ich gingen zu Sven, doch Ash blieb wie festgewachsen stehen. „Was ist nun?" Sven ruckte an der Leine, aber der Hund rührte sich nicht. Er stand schwanzwedelnd neben der Eiche und schaute uns erwartungsfroh an.

„Wir müssen hier lang. Nun komm schon." Wieder zog Sven an der Leine, aber Ash bellte nur und schaute von uns hinter die Eiche und zurück.

„Er will uns was zeigen." Leon flitzte los.

„Leon!" Ich seufzte auf. Nicht schon wieder. Widerwillig setzten wir uns in Bewegung und folgten Leon und Ash einen kleinen Abhang hinunter. Ich rutschte beinahe aus und fluchte über den neuen Schnitt am Bein. Heute Abend müsste ich mich erstmal verarzten. Ich schaute wieder auf und erstarrte. Leon war weg. Und Ash auch. Sven stupste mir in die Seite und deutete grinsend auf die Leine in seiner Hand. Ich atmete durch. Er hat recht. Wo der Hund war, war auch Leon. Als wir wieder ebenen Boden erreicht hatten, öffnete sich vor uns eine kleine Höhle, gestützt durch Wurzelwerk verbarg sie sich hinter Farnen.

„Schau mal." Sven deutete auf den Boden. Steine lagen kreisförmig im Zentrum der Lichtung. Verkohlte Holzreste waren die stummen Zeugen eines illegalen Feuers. Ich hockte mich auf den Boden und nahm den Rucksack ab.

„Was haltet ihr davon, wenn wir hier picknicken?"

Bald saßen wir im Kreis um die ehemalige Feuerstelle und aßen unsere Brote. Kurz hatten wir überlegt, auch ein kleines Feuer zu machen, aber das war uns dann doch zu gefährlich gewesen. So saßen wir zwei Stunden vor der Höhle und erzählten uns Geschichten von Räubern, die hier womöglich mal gehaust haben, um sich vor der Gendarmerie zu verstecken.

Der Weg wird holpriger und endlich knirscht der Kies des Parkplatzes unter den Reifen. Wir stehen noch nicht, da springe ich bereits aus dem Auto.

„Leon!"

Das Auto der Polizisten hält neben uns, gefolgt von zwei Streifenwagen. Unsicher huscht mein Blick zu den Polizisten. Sie würden Leon doch nicht weh tun? Auch Sven steht jetzt neben mir, Ash an der kurzen Leine. Die Polizistin kommt zu uns und lächelt halb.

„Wir werden Ihren Sohn finden. Ganz bestimmt."

„Und ihn der Gerechtigkeit übergeben." Der ältere Polizist schiebt sich brummelnd an uns vorbei. „Wir dürfen nicht vergessen, dass er Menschen ermordet hat. Mobbing hin oder her. Er ist ein Mörder."

Ein dicker Kloß bildet sich in meinem Hals. Mein Leon. Svens Hand legt sich auf meine Schulter und drückt sie leicht. Ich atme tief ein und dränge den Schmerz nach hinten. Jetzt stark sein, Vera. Für Leon.

„Wo ist nun diese Räuberhöhle?" Der Polizist schaut skeptisch von mir zu meinem Mann. Ich schlucke hart.

„Quer durch den Wald, bis zu der alten Eiche an einer Lichtung." Svens Hand weist vage in eine Richtung.

Skeptisch hebt sich die Augenbraue des Polizisten. „Einfach so – quer? Ich sage Ihnen was, wenn wir hier unsere Zeit verschwenden und Sie Ihren Sohn schützen wollen…"

Scharf ziehe ich die Luft ein. Was fällt diesem Typen eigentlich ein?

„Ash kennt den Weg. Wenn Sie uns schon nicht vertrauen." Ich schnappe mir die Leine und gehe los. Die Blicke der Beamten brennen auf meinem Rücken, aber ich drehe mich nicht nochmal um. Sollten die doch bleiben, wo der Pfeffer wächst. Ich für meinen Teil suche meinen Sohn. Nach wenigen Schritten wende ich mich vom Waldweg ab und stolpere über die niedrigen Sträucher.

„Los, Ash. Guter Junge. Wo ist Leon? Such! Such!" Braune Augen schauen mich an, dann wendet sich Ash ab und läuft in den Wald. Ich lasse die Leine so lang wie möglich und laufe hinterdrein.

19 Stunden und 45 Minuten danach

Lautes Knacken lässt Leon zusammenschrecken. Er fährt hoch und stößt mit dem Kopf an die niedrige Höhlendecke.

„Oh, shit." Er stöhnt leise, fasst sich an den Kopf und krabbelt ins Freie. Es ist bereits hell. Viel zu hell. Ein Blick auf die Uhr verrät, dass es bereits kurz vor neun ist. Und nun? Auch bei Tageslicht war seine Situation noch genauso aussichtslos. Und jetzt konnte es auch nicht mehr lange dauern, bis man ihn finden würde. Er blinzelt in die Sonne und leckt sich über die trockenen Lippen. Der Durst war mörderisch. Aber an so etwas Banales wie Wasser hatte er natürlich nicht gedacht. Leon schnaubt auf. Warum hätte er auch? Der Plan war ja, dass er die Schule gar nicht lebend verlassen hätte.

Plötzlich zuckt er zusammen. War das grad nicht...? Angestrengt lauscht er in den Wald und diesmal hört er es ganz deutlich. Jemand rief seinen Namen. Wieder und wieder. Und dieser Jemand war seine Mutter. Ganz sicher. Fahrig dreht sich Leon auf der Stelle, seine Augen springen hektisch in ihren Höhlen. Es war vorbei. Vorbei. Alles war vorbei. Er fällt auf die Knie und krabbelt zurück in die Höhle. Hektisch fährt seine Hand über den Boden. Wo ist sie nur? Wo? Wo? Wieder verschleiern Tränen seinen Blick. Blind tastet er weiter durch das Laub. Und endlich stoßen seine Finger an etwas Hartes, Glattes. Leon greift zu und zieht geräuschvoll die Nase hoch.

Das Klicken des Hahns scheint von den Wänden widerzuhallen. Ein unnatürliches Geräusch in so friedvoller Umgebung.

„Leon!"
Immer weiter führt mich Ash, ohne zu stoppen, ohne zu zögern. Ich spüre, dass Ash ein

Ziel hat. Er weiß, wo Leon ist, da bin ich mir sicher. Ab und an höre ich es hinter mir Knacken. Sven und die Beamten sind nicht weit hinter mir. Svens Rufe waren längst verstummt. Er weiß, wie stur ich bin. Nichts kann mich aufhalten, wenn ich erstmal richtig in Fahrt bin und jetzt würde ich die Bäume einzeln ausreißen, wenn ich dann schneller bei Leon wäre.

Plötzlich wird der Wald lichter und vor mir erscheint die riesige Eiche, noch mächtiger als ich sie in Erinnerung hatte. Die Höhle war nicht mehr weit.

„Leon!"

19 Stunden und 51 Minuten danach

Der Ruf kam aus nächster Nähe. Leons Hand wird schweißnass. Mühsam umklammert er den Griff der Waffe.

An der Eiche bleibe ich kurz stehen. Wenige Meter vor mir steht Ash und schaut sich ungeduldig um. Menschen haben einfach nicht genug Kondition. Meine Hand legt sich auf die zerfurchte Rinde. Tief atme ich ein. Es musste jetzt doch alles gut werden. Irgendwie.

„Das ist die Eiche."

Svens Stimme ruft mich zurück in die Gegenwart.

„Ja, die Höhle muss gleich dahinten sein." Ich zeige zu Ash, der schwanzwedelnd zwischen den Bäumen steht. Er bellt auf und zerrt hektisch an der Leine.

19 Stunden und 53 Minuten danach
Ein Schuss zerreißt die Stille.

Ich falle auf die Knie. Alles ist plötzlich verzerrt, die Sekunden werden zu Stunden. Die Leine gleitet mir aus den erschlafften Fingern. Von ganz weit dringt Hundegebell an mein Ohr. Ich sehe, wie Sven und die Beamten zwischen den Bäumen verschwinden. Dann verschwimmt alles.

Fröhliches Lachen dringt an mein Ohr. Leon steht vor mir. Überglücklich strahlt er von einem Ohr zum anderen. Gibt es etwas Süßeres als ein lachendes Kind? Fest hat er seine Arme um den Hals des schwarzen Welpen geschlungen.

„Ist er wirklich für mich? Mein Hund?" Er kann sein Glück gar nicht fassen.

„Ja, mein Schatz. Das ist dein Hund. Er braucht nur noch einen Namen."

Svens Arm legt sich um mich. Er lächelt auf seinen Sohn hinab, dann küsst er mich sanft auf die Wange.

„Und, weißt du schon einen guten Namen für den kleinen Racker?"

Leon schüttelt bedächtig den Kopf und schaut den Welpen lange an.

„Ich weiß nicht, aber er ist so schwarz wie die Kohle im Kamin."

„Kohle ist aber kein schöner Name", wende ich ein und schaue fragend zu Sven. Der hat die Stirn gerunzelt.

„Was hältst du von Ash?"

„Ash ist toll. Hallo, Ash." Leon drückt wieder sein Gesicht in das dunkle Fell. Als Ash die Zunge ausfährt und ihm quer durchs Gesicht leckt, schüttelt es mich leicht. Aber Leon hört gar nicht mehr auf zu lachen. Und ein solches Kinderlachen wirkt unglaublich ansteckend. Ich schlinge meine Arme um Svens Nacken und küsse ihn innig. Gut, dass man vor Glück nicht platzen kann.

Ende

Aus der Saat von
Anerkennung, Respekt und Geborgenheit

Entsteht die Wurzel von
Lebensfreude, Mut und Urvertrauen

Aus Liebe
Entsteht die Frucht von
Stärke und Selbstvertrauen.

Claudia

Und zum Schluss...

Auch wenn es übertrieben sein mag, hier und jetzt Danke zu sagen, möchte ich es dennoch einmal loswerden. Zunächst wäre da Claudia. Ohne ihre Erlebnisse, die sie mir zu treuen Händen überlassen hat, wäre die Idee zu diesem Buch gar nicht erst entstanden. Und es ist auch ihr zu verdanken, dass diese Geschichte nun tatsächlich fertig geworden ist und nicht bei den vielen anderen in der Schublade gelandet ist. Also **Danke** fürs regelmäßige in den Hintern treten 😊.

Außerdem geht ein **Danke** an Erva – es ist schön, wenn man einfach mit jemanden über die vielen Hirngespinste reden kann, ohne belächelt zu werden. Ich bin sicher, auch du wirst bald deine Geschichte fertig haben. Ich melde mich schon jetzt als dein erster offizieller Fan.

Dann sind dort noch meine Eltern, die mir nie gesagt haben, dass ich doch einfach mal aufhören soll zu träumen und stattdessen etwas Vernünftiges machen soll. Gibt es etwas Vernünftigeres als Träume?

Meinem Doktorvater Herrn Hofmann, der mir immer mehr zutraut als ich mir selber –

Danke (ich verspreche, das nächste Buch ist meine Dissertation…).

Und der Schreibgruppe um Antje Telgenbüscher – ohne Euch wäre es ein Werk ohne Titel geworden. **Danke**.

Schließlich und endlich ist dort noch René, der mir (in aller Regel) offen und ehrlich seine Meinung gesagt hat. Mit ihm konnte ich über die Ängste von Mobbingopfern reden, denn leider kann er da aus erster Hand berichten. **Danke** für dein Vertrauen. Ich liebe dich.

Und natürlich ihr, liebe Leser. Denn wer diese Zeilen liest, hat unbekannten Autoren eine Chance gegeben (ich hoffe doch, ihr bereut eure Entscheidung nicht), also: **Danke**.

Eure Jana

Und auch von mir...

Mein größter Dank geht an Jana. **Danke**, dass ich dich kennenlernen durfte und du bereit warst, dieses Projekt mit mir gemeinsam auszuführen. Du hast diesem Buch eine Seele gegeben, dagewesene Gefühle so zum Ausdruck gebracht, wie ich es alleine niemals hinbekommen hätte. Du bist eine große Künstlerin und ich bin mir sicher, dass dieses nicht dein letztes Buch sein wird.

Ich **danke** meinen Eltern, die mir vermittelt haben, was Familie heißt: Liebe, Geborgenheit, Vertrauen und Zusammenhalt in allen Lebenslagen.

Danke auch an meine Kinder, die mit all ihren Problemen immer zu mir gekommen sind, ohne Scheu und Scham mich eventuell zu belasten. Gemeinsam konnten wir die Probleme angehen (etwas, was Leon leider versagt blieb). Es ist nicht immer leicht, aber es gibt immer einen Weg, der zum Glück führt.

Danke an meinen Mann, der auch nach langen Arbeitstagen immer seine starke Schulter zum Anlehnen geboten hat und für seine

173

Familie da war. Danke, dass du nicht beim Zigarettenholen verschollen bist 😊. Ich liebe dich.

Und schließlich: **Danke** an die Leser, die sich für dieses Thema interessieren, sensibilisiert mit Mobbing umgehen und eingreifen, wenn es nötig ist.

Eure Claudia

Jana Kiersch, geboren 1991 in Paderborn, studierte Germanistische Literaturwissenschaft in Paderborn, wo sie derzeit auch an ihrer Promotion arbeitet. Seit sie fünf Jahre alt ist, liest sie alles kurz und klein, was sie in die Finger bekommt. Ihre erste Geschichte über ein Wellensittichpärchen schrieb sie mit acht Jahren – und hat seitdem nicht mehr damit aufgehört.

Claudia von dem Bottlenberg, geboren 1967 in Lippstadt, machte im Januar 1990 ihren Meister in Bielefeld. Seit 2013 ist sie als ADHS Coach für Kinder und Jugendliche aktiv.

Dein Lächeln

Dein Lächeln zeigt Freude,
wenn jemand nett zu dir ist.

Dein Lächeln zeigt Dankbarkeit,
wenn man dir Anerkennung entgegenbringt.

Dein Lächeln zeigt Mitgefühl,
wenn dein Gegenüber traurig ist.

Dein Lächeln macht Mut,
wenn jemand scheitert.

Dein Lächeln zeigt Mitleid,
wenn dir jemand aggressiv gegenübersteht.

Dein Lächeln ist deine stärkste Waffe.

Bewahre dir deinen inneren Frieden durch
das schönste, was du besitzt:

Dein Lächeln

Claudia

Hilfe und Rat

Solltest Du über Selbstmord nachdenken, wende dich bitte an diese kostenfreien Hilfsangebote:

- 0800 - 111 0 111 (ev.)
- 0800 - 111 0 222 (rk.)
- 0800 - 111 0 333 (für Kinder / Jugendliche)
- Email: www.telefonseelsorge.de
- Deutsche Gesellschaft für Suizidprävention: https://www.suizidprophylaxe.de/

Auch als Opfer von Mobbing wirst du nicht allein gelassen – sprich mit deinen Eltern, einem Lehrer deines Vertrauens oder der Schulpsychologin. Du bist nämlich nicht schuld! Hier findest du weitere Hilfsangebote:

- https://mobbing-schluss-damit.de/erste-hilfe
- **Die Nummer gegen Kummer**:

  Telefon für Kinder: 0800 111 0333 oder

  vom Handy: 116 111.

Sprechzeiten: Montag bis Samstag 14.00
- 20.00 Uhr (am Samstag sitzen Jugend-
liche am Telefon)
Telefon für Eltern: 0800 111 0550
Sprechzeiten: Mo. - Fr. 9.00 - 11.00 Uhr,
Di und Do 17.00 - 19.00 Uhr